미우라 아야꼬

청춘과 고뇌와 신앙의 만남에 이르는
감동적 기록!

제3부 ◇ 신앙편

빛이 있는 동안에

최봉식 옮김

지성문화사

차례

빛이 있는 동안에

서 장

1

미지근한 탕파(잠자리를 따뜻하게 하기 위하여 더운 물을 채워 자리 밑에 넣어두는 사기나 쇠로 만든 그릇)를 품고서 깨어 있는 이 순간도 살아있는 것일까.

1950년, 요양 중이던 시절, 내가 지은 짧은 시다.

나는 그날 아침 이미 미지근해져 체온을 밑도는 탕파를 품고 있었다. 멍하니 눈을 뜬 채 따뜻한 잠자리에서 일어나려 하지 않았다. 아사히까와는 겨울이 춥다. 꼼짝않고 언제까지라도 자리 속에 있고 싶은 게으른 심정이었다. 일어나 식사를 할 의욕마저 없었다. 요양 중인 나는 안정도 식사도 중요한 일이었다. 그러나 나는 아무런 의욕도 없이 다만 멍청하니 미지근한 탕파를 품고 있었다.

나는 그때 나태한 자신에게 문득 자기 혐오를 느꼈다. 지금 나는 과연 살고 있다고 할 수 있는가? 현재의 게으른 모습이 바로 내 삶의 자세를 나타내고 있는 게 아닌가? 나는 그렇게 생각했다. 그 당시 나는 확실히 사는 의

욕을 잃고 있었다. 바로 미지근한 탕파를 품고 꿈지럭거리며 자리 속에 누워있는 모습과도 같은 삶이었다.

소설을 쓰게 되면서 많은 독자한테서 편지를 받게 되었다.

〈30세의 주부입니다.

요즘 저는 산다는 것이 무엇인가, 하는 의문을 갖게 되었습니다. 아침에 일어나 식사 준비를 하고 남편을 배웅하고 아이를 유치원에 데려다 줍니다. 그런 뒤에 청소와 빨래, 장보기, 그리고 저녁 식사 준비를 합니다.

어느 날 저는 문득 이런 생각을 했습니다. 10년 후에도 20년 후에도 나는 똑같은 나날을 되풀이하고 있는 게 아닐까? 되풀이만 하다 늙어가는 인생. 그렇게 생각하자 저는 살고 있다는 일이, 이래도 괜찮은가? 하는 회의를 품지 않을 수 없었습니다……〉

〈저는 고교 3학년 입니다. 수험 공부에 쫓기고 있습니다. 아마 내년 이맘때는 2류나 3류 대학에 어슬렁거리며 다니고 있겠지요. 그리고 4년이 지나면 또 2, 3류의 회사에 다니고 있을 게 틀림 없습니다. 일생을 평사원이거나 잘 되더라도 과장정도에서 정년이 되겠죠.

저와 결혼하는 여성도 아마 남이 깜짝 놀랄 미인도 아니고 재원도 아니며 평범한 가정, 심심한 가정을 만들겁니다. 그리고 저를 닮은 평범한 아이가 둘이나 셋 태어나 저와 똑같은 코스를 걸을 것이 분명하며 제가 정년을 맞으면 그들은 아마 저를 귀찮게 여길겁니다.

이렇게 생각하면 사는 것이 무엇인지 도대체 모르게 됩니다.〉

이런 주부나 학생의 심정은 이해가 잘 된다. 아마 누구

라도 이따금 이런 생각에 사로잡히는 일이 있는 게 아닐
까? 이런 생각에 사로잡힐 때 우리들의 나날은 결코 기
쁨으로 넘쳐 있지는 않다. 허무한 것이다.

(이런 식으로 열심히 일해 보았자 결국은 그저 나이를
먹고 말 뿐이야.)

(아무리 힘써 공부한다 해도 인생의 저편에서 기다리고
있는 것은 죽음뿐이잖는가.)

바로 그런 것이다.

인생은 날로 늙어가는 거라고 어떤 화장품의 기사를 읽
고 또 읽으면서.

나는 이런 노래를 지은 적도 있다. 13년이나 되는 긴 요
양 생활도 끝날 무렵이었다. 신문에 끼어져 있는 화장품
광고에 나는 문득 눈길이 갔다.

'당신의 살결은 날로 쇠약하고 있습니다. 인간은 매일
늙고 있는 거지요.'

이는 너무나도 당연한 기사이다. 인간은 태어난 그날부
터 한걸음, 한걸음 죽음으로 다가간다. 죽음에서 멀어져
가는 사람은 있을 리가 없다. 늙어가는 것은 당연하다. 하
지만 그런 당연한 기사를 나는 반복해서 읽었다. 이 당연
함을 우리는 잊고 있다고 생각했다.

'인간은 언젠가 반드시 무슨 원인으로든 죽는 존재
이다.'

죽지 않는 사람은 하나도 없다. 왕이든 거지이든 부자
이든, 가난한 사람이든, 유능하건 무능하건, 건강하건 병
약하건 남김없이 죽어간다.

카톨릭의 수도원에선

〈인간은 죽는 자임을 명심하라.〉

는 의미의 말을 인삿말로 주고받는다는 것을 들은 적이 있다. 인간이 죽는 존재임을 진정한 의미에서 아는 사람이야말로 진실로 살고 있는 사람이리라.

앞에 나온 주부나 학생은, 자기는 언젠가 죽는 것을 분명히 알고 있다. 그러나 진실한 의미로선 알지 못한다. 우리가 섭취한 음식물은 배에 들어가 영양이 되는 것은 흡수되어 에너지가 되고 찌꺼기는 변이 되어 배설된다. 음식물은 영양이 되어야 비로소 존재의 의미가 있는 것인데, 어차피 변이 되어 화장실 속에 던져진다면 의미가 없다. 그들의 생각도 어쩐지 이것과 비슷한 사고방식의 바닥에 있는 것만 같은 느낌이 든다.

우리에게 중요한 것은 언젠가는 마침내 죽어야 할 내가 그날까지 어떠한 자세로 사는가 하는 점이리라. 날이면 날마다 식사 준비와 빨래와 청소의 반복이라도 좋다. 아니, 그것으로서 좋다. 다만 어떠한 심정으로 그것을 반복하느냐가 문제인 것이다. 가족이 즐거이 맛있게 식사할 수 있고 깨끗한 의복을 입으며 정돈된 방에서 쉬고 진실로 행복하다 생각되는 가정을 만든다. 그것이 얼마나 큰 일이며 활동인지를 생각해보는 게 필요한 것이다.

자기가 이 세상에 존재하는 까닭에 이 세상이 조금이라도 즐거워진다, 좋아진다고 한다면, 그것은 크나큰 일이 아닐까.

2

　일본어로 '일'을 의미하는 '시꼬도'(仕事)라는 글자를 살펴보자. 섬긴다(仕), 섬기다(事)로, 두 글자 모두 바로 '섬길 사'라고 읽는다. [일본의 한자 발음과 뜻새김은 우리와 다르지만 같은 것도 많다.] '일'이란 곧 남을 위해 봉사하는 것이다. '일한다'는 동(働)이라고 쓴다. 이 글자도 사람 인(人)변에 움직일 동(動)으로 되어 있다. 다시 말해서 사람을 위해 움직이는 것, 그것이 '일하다'이다.

　우리에게 만일 사는 의욕이 없다면 그것은 알맞은 일거리가 없기 때문이 아니고 남을 섬기는, 사람을 위해 움직이는 마음을 잃고 있기 때문은 아닐까?

　산다는 것은 움직이고 있다는 것이다. 심장이 미약하게나마 움직이고 있는 동안은 살고 있다. 죽는다란 전혀 움직이지 않는 것을 말한다. 죽으면 호흡도 멎고 심장도 완전히 멈춘다. 하지만 살고 있으면서 죽은 상태의 인간이 있다. 그것은 타인을 위해선 걸코 움직이지 않는 인간이라고 생각한다. 그러니까 일하는 것이 없는 인간의 마음은 죽어 있다고 나는 생각한다.

　내가 결핵으로 어떤 병원에 입원했을 때 나는 얼마 안가 무쓰꼬(睦子)라는 사람의 이름을 알았다.

　"잠깐 무쓰꼬 상한테 갔다 오겠어요."

같은 병실의 환자들은 곧잘 그렇게 말했다.

"무쓰꼬 상에게 물어 보겠어요."

간호부들도 무슨 일이 있으면 그렇게 말했다.

"지금, 무쓰꼬 상한테 들렀지요."

다른 병실에서 오는 환자도 그렇게 말했다.

"그런 짓을 하면 무쓰꼬 상에게 말할 테다."

남자 환자도 그런 말을 했다. 하지만 무쓰꼬라는 여성은 내 병실을 한번도 찾아온 일이 없었다. 나는 그 여성에게 관심을 가졌다. 그녀는 아마도 부잣집의 아름다운 딸로서 독실에서 호화로운 생활을 보내고 있을 게 분명하다. 돈의 힘으로 병원의 여왕이 되어 있는 게 아닐까? 그렇게 생각했다.

이윽고 나는 같은 병실의 환자에게 물었다.

"무쓰꼬 상이란 어떤 분이죠?"

"어머, 무쓰꼬 상을 몰라요? 함께 가보지요."

그녀는 스스럼 없이 대답하고 나를 무쓰꼬라는 여성의 병실로 데리고 가 주었다.

그녀의 병실은 특실이었다. 하지만 결코 부잣집 딸도 아니고 이른바 미인도 아니었다. 중증의 카리에스로서 10년이나 깁스 베드에서 꼼짝도 못하고 있었다. 이미 서른 대여섯 쯤일까? 그녀는 처음 찾아온 나에게 손을 내밀며 생긋 웃었다.

"어서 오세요. 당신은 어디가 아파요?"

마음에 와 닿는 뭐라 말할 수 없는 다정한 미소였다. 얼굴이 빛나고 있었다. 그것은 단순한 미인이라기보다도 매력적인 아름다움이었다.

그녀는 자기 병보다도 상대편의 병을 염려했다. 만남

자체로서 이쪽의 기분이 풀리고 뭔가 즐거운 느낌마저 들었다.

열일곱 여덟 살 가량의 환자가 들어왔다.

"어때요, 이 머리?"

그녀 앞에 얼굴을 내밀자마자 그녀는 재빨리 말했다.

"어머, 귀여워. 하지만 조금 귀를 가리는 게 좋아요. 아주 잘 어울려요."

젊은 환자는 만족하며 나갔다. 얼마나 다정한 웃음이였는지 모른다. 나는 그녀의 눈길이 누구에게나 자애로움으로 넘쳐 있다는데 놀랐다. 그것은 얼렁뚱땅하며 응석을 받아주는 웃음은 아니다. 오랫동안 슬퍼하고 괴로워한 사람만이 갖는 자애로운 웃음이였다.

확실히 무쓰꼬 상은 병자였다. 오랫동안 병상에 꼼짝도 못하며 누워있고 아무런 활동도 않는 것처럼 보였다. 하지만 그녀는 많은 병자를 위로하고 용기를 주었다. 그녀가 그곳에 있다. 그것만으로도 사람들은 매일 위안을 받았던 것이다. 살고 있는 사람이란 그녀와 같은 사람을 말하는 게 아닐까? 일한다는 건 그녀처럼 남을 위해 마음을 쓰는 사람을 가리키는 게 아닐까?

내 자신도 무쓰꼬 상과는 견줄 수 없지만 비슷한 체험을 했다. 세례를 받기까지는 사는 일이 허무했고 무엇 때문에 살고 있는지 모르는 허무적인 인간이었다. 그런데 신자가 되고서는 남을 위해 기도하는 것을 내 일로 알게 되었다. 그리하여 깁스에 반듯이 누운 채 떠듬떠듬 엽서를 써서 친구들에게 보냈다.

기도하는 일, 엽서를 쓰는 일 따위는 대단한 것으로 생각되지 않을지도 모른다. 하지만 그때까지는 내 일만 생각하고 부모나 주위 사람 심정도 생각지 않고 죽고 싶다고만 생각한 나였다. 그것이 어쨌든 한사람 한사람의 벗에게 마음을 주고 기도하며 엽서를 쓰기에 이르렀던 것이다. 확실히 전혀 딴 사람이 된 듯한 변화였다.

이렇게 바뀐 내 병실에는 환자는 물론이고 간호학교의 학생과 의학생까지 이런저런 의논을 하러 오던가 놀러 오게 되었다. 어른인 남자 학생이 아무 말도 않고 나의 침대에 기대며 운 일이 있다. 나는 아무것도 묻지 않고 우는 대로 버려 두었다. 눈물이 진정되었을 무렵 휴지와 손거울과 빗을 내밀었더니,

"고마워."

하며 싱긋 웃고서 얼굴을 가다듬고 돌아갔다. 이것은 또 집으로 돌아와서 일이지만 밤도 12시가 지나서 찾아온 남자 친구가 있었다. 다다미 위에 벌렁 누워 눈물을 뚝뚝 떨어뜨린 뒤 돌아갔다. 내 부모는 여러 방문객에 익숙해져 있어 이런 심야의 손님한테도 수상쩍은 눈길을 보내지 않았다. 그것이야 어쨌든 사내 대장부도 일생에 몇 번인가는 어딘가에서 한껏 울고싶은 일도 있음을 나는 알았다. 그래서 그때 이후로 아무런 쓸모도 없는 병자인 나한테 와서 울어준 사람들이 있었던 사실을 나는 잊을 수가 없다.

내가 다니는 사사히까와 로쿠조(六條) 교회에서 지난 해 '나카니시 기누'라는 분이 돌아가셨다. 아마 환갑이 채 안 된 것 같았다. 농가의 주부로서 예배에도 늘 출석할 수가 없을 정도로 바쁜 분이었다. 나도 그분 생전에 몇 번 뵈었을 뿐이었다.

하지만 이 분의 장례식에 참석하여 나는 깊이 감동

했다. 아직 국민학교에도 들어가지 못한 손자까지도 밤샘할 때고 장례식 때고 손수건을 흠뻑 적셔가며 울고 있었던 것이다. 작은 어린이들이란 장례식에 많은 사람들이 모이면 신기하여 자칫 떠들거나 낄낄거리며 장난치는 일이 많다. 죽음이라는 슬픔을 받아들이지 못하는 그 철없음이 오히려 눈물을 자아내는 법인데, 이 나카니시 상의 손자들은 진심으로 할머니의 죽음을 슬퍼하며 울고 있었다. 그뿐만이 아니었다. 여자들은 물론이고 얼핏 보아 햇볕에 그을려 농가의 사람이라 알 수 있는 노인이며 중년의 남자들도 때때로 눈시울을 눌러가며 코를 훌쩍였다. 그런 모습이 여기저기서 보였다. 친척인지 같은 부락의 사람인지 그것은 모른다. 하지만 참석자가 이렇게도 많이 눈물을 흘리는 장례식을 나는 좀처럼 본 적이 없다.

홋가이도의 장례식은 도쿄 주변과는 달리 작은 장례식이라도 백 명쯤은 사람들이 모이고 크다면 천 명이나 모인다. 의리상 참석하여 지루한 나머지 졸고 있는 사람도 더러 있다.

이 나카니시 상의 장례식처럼 작은 아이도, 어른도 함께 운다는 것은 확실히 드문 일이었다. 기누 상의 아드님은 어머니의 고통을 덜어주기 위해 자기가 병자를 안고 병자의 밑에 누워서 간호했다고 한다.

나는 이 나카니시 기누 상은 훌륭한 삶을 산 사람이라고 생각했다. 어린 손자한테도, 같은 일을 하는 사람들한테도 따뜻한 마음으로 대하며 잊을 수 없는 것을 남기고서 타계했을 게 틀림없다고 생각했다. 나카니시 상은 이른바 무명의 농가 주부였을지도 모른다. 그녀 자신도 농가에 출가하여 자녀를 낳고 들에 나가 일한 평범한 일생

올 보냈다고 생각했을지도 모른다.

그러나 그녀의 장례식에는 애석해하는 사람들의 정이 넘쳐 있었다. 어떤 훌륭한 기념비보다도 더 훌륭한 기념비를 그녀는 만난 사람들의 가슴 속에 세워왔을 게 분명하다. 그녀 자신은 그럴 생각도 없이 무심히 그랬을지도 모른다. 그녀는 그저 우는 사람과 함께 울고, 기뻐하는 사람과 함께 기뻐했을 뿐이라고 말하리라. 구체적으로 나는 나카니시 상의 생활을 모르지만,

　(아아, 이 사람은 그 누구와도 바꿀 수 없는 존재로서
　훌륭히 천명을 다했구나.)

하고 절실히 느꼈다.

나의 장례식 때 과연 몇 사람이나 울어 줄까? 나는 그녀를 생각하며 때때로 그런 일을 생각한다. 참된 의미로 살아온 사람의 죽음만이 진실한 죽음이 되지 않을까. 살아있는지 죽어있는지 모르는 삶의 방식이라면 참되게 죽을 수도 없을지 모른다.

3

그런데 우리는 자기 자신의 삶을 똑바로 보면 우울하지 않을 수 없다. 어지간히 훌륭한 사람이거나 굉장히 자만심이 강한 사람이라면,

(세상 사람들은 나를 필요로 한다.)

라고 생각할 수가 있으리라. 내 친지는

(세상 사람들이야 어쨌든, 적어도 내 남편과 어린이는 나를 필요로 한다.)

라는 자신을 갖고서 살고 있었다. 사실 그녀는 참으로 유능하며 백 엔 짜리 지폐 한 장밖에 없어도 달걀 3개에 집에 있는 밀가루를 반죽하고 양파와 같은 고기를 속으로 한 오믈렛 5인분을 만든다. 2백 엔이 있으면 닭고기와 당면을 넣은 '공기찜'[고기·당면·표고 버섯 등을 재료로 하여 공기째 찐 요리의 하나]과 오징어 회에 뜰의 차조기 잎을 곁들여 당당한 요리 솜씨를 보이는 일 따위는 문자 그대로 식은 죽 먹기이다.

그런데 어느 날 남편에게 여자가 있음을 알고 큰 소동이 벌어졌다. 남편은 그때까지 한사코 숨기고 있었는데 일단 알려졌다고 생각되자 고압적인 자세로 바뀌어 여자의 집에서 살다시피 했다.

"그이만은 내가 없으면 살아갈 수 없다고 생각했지요."

남의 일이 아닌 무서운 이야기였다. 이럴 때 우리는 대체 어떻게 하면 좋을까? 자기가 있어도 없어도 좋은 존재는 커녕 없는 편이 좋은 존재라고 알았을 때, 대체 어떻게 살아가면 좋을까?

내 제자 하나는 사기와 절도죄로 교도소에 들어갔다가 출소했더니 아내는 친구에게 가버리고 아버지는 집에 들여주지를 않아 목매어 죽었다. 아내나 부모한테 필요없다고 하는 것 만큼 쓸쓸한 일은 없으리라.

또한 어떤 노인이 있었다. 그는 당대에 사업을 일으켜 많은 돈을 모았다. 하지만 친자식이 없어 양자를 들였다. 그는 그 재산을 남김없이 양자 명의로 바꾸었다. 하지만 그 양자는 성질이 별로 좋지 않았던 모양으로 재산이 없는 노인을 홀대했다. 노인은 재산을 주면 소중히 해주리라 생각했던 것인데 그 반대였다. 노인은 산속 깊이 들어가 나무 아래서 혼자 죽었다.

이런 이야기는 새삼스럽게 여기에 쓸 것도 없다. 우리는 비슷한 이야기를 신문의 3면 기사에서 흔히 보는 것이다.

"너같은 건 두 번 다시 보고 싶지 않다."

"그런 자는 보고 싶지도 않다."

우리는 이런 말을 때때로 듣는다. 보고싶지 않다는 것은 일생 동안 보지 않기 위해서는 죽었으면 한다, 즉 죽어버리라는 것이다. 이런 무서운 말이 사람을 죽음으로 몰아넣고 있다.

만일 누구도 필요로 하지 않는, 누구도 쓰지 않는 가구가 있다고 한다면 그것은 폐물이다. 폐물, 폐품은 필요없을 뿐아니라 방해가 된다. 폐품업자에게 팔든가 부수어

불태워버릴 수밖에 없다.

나는 꼬박 13년 요양했지만 한때 나는 폐품같은 인간이라고 생각한 적이 있다. 다만 누워 있었을 뿐이다. 식사 시중을 받고 변기도 갈아주어야 하며 빨래도 해주어야 한다. 의사의 왕진료에 약값이 든다. 걱정을 끼칠 뿐 도무지 병세는 좋아지지 않는다. 내가 집에 있기 때문에 부모도 동생들도 우울하잖는가? 앞으로 5년이 지나면 나을지 10년이 지나면 나을지 짐작도 가지 않는다. 언제 죽을는지 그것도 모른다. 이런 내가 살아있어 좋은지 어떤지 곰곰이 생각지 않을 수 없었다.

(결국은 죽는 편이 좋아.)

그런 심정이었다. 그런 나에게

"산다는 것은 권리가 아니고 의무이지요."

라고 가르쳐 준 것은 소꿉친구인 크리스챤 마에카와 다다시(前川正)였다. 살기보다 죽는 편이 좋다고 생각하고 있을 때,

"사는 것은 의무이다. 옳은 소임이다."

고 들었을 때, 나는 정신이 번쩍 들었다. 깨달음이 왔다.

이런 폐품적 존재인 내가 앞에서 말한 대로 어느 덧 사람들의 방문이 끊임없는, 남에게 필요하다 여겨지는 존재가 되고 말았다. 전국 각지에 편지로 사귄 친구도 생겼다. 그 중에는 후쿠오카(福岡), 코스게(小菅), 센다이(仙台)의 교도소에 갇혀 있는 사형수며 또 목사, 선교사들도 있었다. 일부러 동경에서 아사히까와까지 병문안을 와준 벗도 있었다.

물품은 폐물이 되어도 인간은 결코 폐물이 되지 않는 것이다. 나는 그 점을 폐물과도 같은 내 체험으로 알았던

것이다.

여기서 생각난 일이지만, 당시 편지 친구 중 한 사람이 이런 편지를 보낸 일이 있다.

〈나는 얼마 전 여러 해 동안의 소원이 이루어져 나병 환자 요양소에서 일박하고 돌아왔습니다. 내 소원은 병문안 하는 것이었는데 결국은 위문을 받고 돌아온 셈이 되었죠.

그 중에서도 A씨는 희한한 분이었습니다. 그는 이미 50을 넘긴 것 같았는데, 눈도 보이지 않고 손끝도 마비되어 혀로 점자책을 읽고 있었죠. 그는 서는 것도 돌아눕는 것도 혼자선 할 수 없습니다. 식사도 남의 시중을 받아야만 합니다.

그가 혼자서 할 수 있는 일, 그것은 단지 호흡을 하는 것 뿐이지요. 숨을 쉬는 일 뿐이에요. 하지만 A씨의 얼굴은 환하기만 했습니다. 기쁨에 넘쳐 있었습니다.

호흡 밖에 못하는 사람이 이렇게 빛나고 있다. 그 사실에 나는 감동했습니다. 자기로선 호흡 밖에 못하는 사람이 왜 이렇게도 빛나고 있는가? 그 비밀은 그의 머리맡에 있는 점자역 성경이었습니다.〉

이 편지에 나는 깊이 감동했다. 숨쉬는 일 밖에 못하는 인간은 타인이 볼 때 폐품과 같은 존재일지도 모른다. 그러나 손이 움직이지 않고 발이 움직이지 않고 눈이 보이지 않더라도 인간은 인간인 것이다. 더욱이 그런 인간이 빛나는 기쁨으로 살고 있다 한다면 얼마나 많은 사람을 격려하고 용기를 줄 수가 있을까? 남을 격려하고 희망과 용기를 주는 일, 이것이야말로 진정한 인간의 삶이 아닐까? 신은 인간을 폐품으로 만드시지는 않는다.

"인간은 살아있는 한 어떠한 인간이라도 사명이 주어지
고 있다."

하는 누군가의 말이 있다. 남한테는 아무리 하찮게 보이
는 인간일지라도 신에게 있어선 폐품적 존재는 아닌 것
이다. 아무리 머리가 나빠도, 아무리 몸이 허약해도, 다리
가 없어도, 팔이 없어도, 귀가 들리지 않더라도, 말을 하
지 못하더라도, 눈이 보이지 않아도, 정신 박약이라도, 중
증 신체장애자라도 신에게는 폐물적 존재의 인간은 한사
람도 없는 것이다. 모두 무언가 존귀한 사명이 주어져 있
는 것이다.

아무리 거짓말쟁이라도, 비행적인 성격이라도, 도벽(盜
癖)이 있어도, 잔인해도, 불효해도, 냉혹해도 신에게는 버
려야 할 존재는 아니다. 그 누구라도 신은 인간으로서 새
롭게 사는 힘을 주시는 것이다. 또한 주시고 계시는 것
이다.

이것은 내가 말하는 것은 아니다. 신자들은 그러한 기
적적 예를 셀 수 없이 알고 있다. 인간이 인간으로써 살아
가기 위한 신의 힘을 알고 있는 것이다.

나는 이제부터 달마다 신을 믿기 위해 기본이 되는 필
요한 문제를 들어 써나가고 싶다.

하나님이란 무엇인가? 그리스도란 무엇인가? 죄란 무
엇인가? 왜 괴롬이 있는가? 이적(기적)은 있는가? 구
원이란 무엇인가? 죽음이란 무엇인가? 과학과 종교에
관해, 사랑이란, 행복이란, 사는 목적이란 등등 내 나름대
로 쉽게 써나가고 싶다.

그리하여 호흡하는 일 밖에 못하는 사람조차 빛나는 얼
굴로서 살 수 있는 힘을 주시는 하나님을 알아 주었으면

한다.

우리의 오늘이란 하루를 여기서 한사람 한사람 되새겨 주기 바란다. 오늘의 하루는 당신의 인생에 있으나 없으나 좋은 하루였는가? 아무래도 없어선 안 될 훌륭한 하루였는가? 혹은 전혀 없었던 편이 좋은 그런 하루였는가?

그리고 또 생각해 주기 바란다. 오늘과 같은 나날이 쌓아올려진 일생은 훌륭하고 뜻이 있는 것인지 아니면 오늘과 같은 나날의 쌓아올림은 아무런 의미도 가져다 주지 않는 것인지, 오늘과 같은 나날이 계속되는 일생이라면 오히려 없는 편이 더 좋았을 그러한 하루였는지.

만일 내가 나의 나날을 이런 식으로 크게 나눠 그래프로 만든다면, 없는 편이 좋은 날이 가장 많고 뜻있는 날은 매우 적다는 느낌이 든다. 다만 이렇듯 조금이라도 의식하며 자기의 생활을 소중히 살려고 하면, 단 하루라 할지라도 얼렁뚱땅 살아선 안 된다는 것을 배울 것만 같은 느낌이 든다.

앞에서도 말했던 것처럼 우리들 인간은 모두 죽는다. 반드시 죽는다. 사고이든 병이든 노쇠이든, 어쨌든 반드시 죽는 것이다. 어제보다도 오늘은 죽음에 가깝다. 내일은 오늘보다도 더욱 죽음에 가까운 것이다.

만일 우리의 목숨이 오늘 밖에 없다고 한다면 오늘의 하루는 얼마나 소중한 것일까? 만일 전재산을 내던져 내일을 하루 더 살 수 있다면 우리는 모든 걸 내던져 내일의 하루를 사리라. 그만큼 귀중한 하루이건만 우리는 찾아오는 나날을 막연히 맞고 보내는 것만 같은 느낌이 든다.

그런 우리들에게 참다운 삶을 가르쳐 주는 것이 종

교다. 세상엔 일생을 두고 신을 생각지 않고 사는 사람도 있다. 그러나 무언지는 모르지만 인간 이상의 것을 구하며 사는 사람, 신을 오로지 구하며 살아가는 사람도 있다.

나는 크리스찬이다. 기독교 신자 중에선 참으로 모자라는 크리스찬이다. 그러나 크리스찬인 이상 그런 입장에 서서 이야기를 해나가고 싶다.

이 작은 자의 말이 독자 가운데 단 한사람의 삶에 조금이라도 도움이 된다면 그보다 더한 기쁨은 없겠다.

죄란 무엇인가

1

소설 《빙점》의 주제는 '원죄'라고 나는 '아사히 신문'에 썼다. 그뒤,

"원죄란 무엇입니까?"

하는 편지가 밀어닥쳤고 만나는 사람들마다 같은 질문을 받았다. 나는,

"인간이 태어나면서 갖고 있는 죄를 말합니다."

라고 대답했지만, 아마 나의 이런 대답으로선 충분히 이해하지 못할 거라고 생각했다. 어떤 사람은,

"성욕도 식욕도 원죄라고 봅니까?"

하고 말해 좌담회에서 나를 난처하게 만들기도 했다.

이 항목에서 나는 새삼 '죄'에 관해 말하고 '원죄'에까지 이를까 한다.

《길이 있어도》에도 썼지만, 나는 패전 후 니시나카 이찌로(西中一郎)라는 남성과 또 다른 남성과 거의 동시에 약혼을 했다. 먼저 '사주'를 가져온 사람과 결혼하면 된다고

생각했다. 그런 나자신을 나는 나쁜 여자라고조차 생각지
않았다.

만일 이것이 거꾸로였다면 어땠을까? 어떤 남자가 나
와 약혼을 하고 동시에 다른 여자와 약혼했다면 나는 불
길처럼 성을 내었을 게 분명하다.

"성실하지 않다!" "바람둥이!" "사기꾼!" 등등 온갖
욕설로 공격했을 게 틀림없다.

하지만 내가 두 사람과 약혼했을 때 나는 그런 성실하
지 않은 나를 특별히 책하거나 부끄럽게도 여기지 않
았다. 그리 죄가 된다고도 생각지 않았다.

나중에 나는 진실한 연인이고 나를 그리스도에게 인도
한 마에카와 다다시를 만났다. 나는 삿포로에 입원했고
마에카와한테서 날마다 편지가 오고 있었다. 그곳에 갓
결혼한 니시나카 이찌로가 나타났다.

그는 전 약혼자가 아직도 병든 채로 누워 있음을 가슴
아파하며 날마다 병문안을 와 주었다. 그에겐 새 아내가
있고 나에겐 연인 마에카와 다다시가 있었다.

하지만 나는 별로 나쁜 짓을 하고 있다고는 생각지 않
았다. 만일 마에카와 다다시의 옛날 약혼자였던 여성이
날마다 나타났다고 한다면 어떠했을까? 나는 마에카와를
배신자로 여기고 그런 여성을 바람둥이라고 미워했을 것
이나.

만일 또 미우라가 나 모르게 옛날의 약혼자를 병문안하
고 있었다면 어떠했을까? 나는 질투한 나머지 미우라를
찔러 죽였을지도 모르며 상대편 여성을 뻔뻔스런 여자,
'도둑 고양이'라고 욕했을지도 모른다.

하지만 나는 니시나카 이찌로의 아내나 마에카와 다다

시의 입장에 서서 생각하지 않고, 별로 죄가 되는 짓을 한다고도 생각지 않았다.

그래서 그때 나는,

"죄를 죄라고 느끼지 못하는 게 최대의 죄인 것이다."

라는 것을 깨달았다.

그러나 이것이 나만의 체험일까? 나는 때때로 강연에서 말하는 일이 있다.

"만일 어린이가 꽃병을 깨뜨렸다면 어떻게 할까요? 언제나 조심하지 않기 때문에 그래, 늘 덜렁거리니까 그렇지 등등 말하고 자기는 지금까지 접시도 꽃병도 전혀 깬 적도 없고 앞으로도 일생동안 깨는 일이 없을 것 같은 얼굴로 야단치는 게 아닐까요? 그러나 만일 자기가 깨었을 때는 어떤가요? 조금 혓바닥을 내보였을 뿐 자기의 과실을 용서하고 결코 어린이를 야단칠 때와 같이 자기를 꾸짖지 않을겁니다."

어린이가 해서 야단맞는 일이라면 자기가 했어도 꾸중을 받아 마땅하다. 하지만 우리들 마음에는 두가지 척도 (尺度)가 있어 자기 과실을 나무라는 척도와 남의 잘못을 나무라는 척도는 전혀 다른 것이다.

지루하겠지만, 이는 죄 문제를 생각하는데 중요한 문제이므로, 다시 예를 들어 생각해 보고 싶다.

내 친지가 자동차로 어린이를 치었다. 그는 별안간 뛰어나온 쪽이 나쁘다, 어린이를 잘못키운 어버이가 나쁘다고 말했다. 그런데 그 뒤 자기 아이가 차에 치어 죽었다.

그는 반미치광이가 되어,

"이렇게 어린 아이를 치어 죽이다니."

하며 운전수에게 덤벼들어 때렸다.

"돈을 아무리 쌓아도 아이는 돌아오지 않는다. 돈따위
는 필요 없다. 아이를 돌려 달라."
하며 막무가내였다.

자기가 어린이를 치었을 때는 상대 부모가 나쁘고, 자
기 집 아이가 치었을 때는 친 운전수가 나쁘다. 사람들은
뒤에서 고개를 갸웃하고 있었다.

하지만 나는 이런 사람을 비웃을 수가 없다. 이것은 우
리들 인간의 적나라한 모습이라고 생각한다. 우리는 자기
의 죄를 모른다고 하는 점에선 이 사람과 똑같다고 생각
한다.

우리는 몇 명만 모여도 남의 말을 한다. 소문은 한자로
준(噂)인데, 입구(口)변에 높일 존(尊)이라고 쓴다. 내 식
으로 해석하면 '소문'이란 남을 존중하여 말하는 게 아닌
가 싶다.

그런데 우리들이 하는 남의 말이란 그 반대가 아닐까?
남의 욕으로 시작하고 욕으로 끝난다. 남에게 들려주고
싶지않은 비밀을 폭로하는 것이 '소문'으로 되어있는 것
같다.

"그 사람의 바깥 주인은 바람을 피운다나 봐요. 회사 여
사무원의 아파트에서 자고 온다느니 오지않는다느니 하
면서 요전에도 대판 싸움이 벌어졌죠."

"그 부인은 여대를 나왔다고 하는데 사실은 1년 중퇴래
요."

"어째서 그리 요란하게 화장을 하는지 모르겠어요. 그
부인과 걷는 것도 부끄러워요."

"그 집 아이는 성적이 나쁘대요. 역시 아이는 부모를 닮
나 보죠."

"남편을 턱짓으로 부려 먹는대요. 배웅하러 현관까지 나온 것을 보지 못했고 무지무지 여성 상위래요."

소문의 알맹이는 대체로 이런 것이 아닐까? 그것을 사람에 따라선 미주알고주알 까발려 남에게 들려주는 재주꾼도 있다. 자기가 들은 이야기에 뻥튀기처럼 부풀려 말하는 사람도 있다. 아무튼 극히 즐겁게 남의 욕을 하고 또한 듣기 마련이다. 그리하여,

"아아, 오늘은 재미 있었어요. 그럼 또."

하며 돌아간다. 남을 욕하기는 즐겁다. 이것이 인간의 슬픈 본성인 것이다.

하지만 만일 자기의 험담을 들었을 때, 우리는 대체 기분이 어떨까?

"너무해, 너무해."

하고 성내든가 분하게 여기든가 울든가 하여 밤에도 잠을 이루지 못한다. 자기의 험담을 말한 사람을 미워하고 미워하여 얼굴을 마주 처도 말도 하지 않게 된다.

자기가 그 만큼 화나는 것이라면 다른 사람도 마찬가지로 화가 날 터이다. 밤새도록 자기가 잠잘 수 없다면 상대편도 잠잘 수 없을 것이다. 그렇건만 남에게 상처를 주는 험담은 극히 즐겁다는 듯이 말한다. 우리들은 대체 어떠한 인간들일까?

우리는 자기를 '죄인'이라고는 생각지 않는다. 죄가 많다고도 생각지 않는다.

'나는 남에게 손가락질 당하는 일은 무엇 하나 하고 있지 않습니다.'

우리는 대개 그렇게 생각하고 있다. 그도 그럴 것이다. 왜냐하면 앞에서도 말한 것처럼 우리는 척도를 늘 두개

갖고 있기 때문이다.

'남이 하는 일은 몹시 나쁘다.

'자기가 하는 일은 그리 나쁘지 않다.

이런 두 가지의 저울이 마음 속에 있기 때문이다.

즉 '자기중심'인 것이다. '자기중심'의 척도로 사물을 재는 한 자기는 나쁘지 않은 것이다. 왜냐하면 그것은

〈자기가 하는 일은 그리 나쁘지 않다.〉

는 자(尺)이기 때문에.

그뿐인가,

〈자기가 하는 일은 모두 옳다.〉

는 자를 갖고 있는 사람마저 있다.

어떤 사람의 이웃집 아내가 생명 보험의 세일즈 맨과 바람을 피웠다. 그녀는

"망측해라. 암내를 내는 고양이처럼."

하고 눈살을 찌푸리며 그 이웃집 남편에게 동정했다. 몇 년인가 뒤에 그녀 또한 다른 사내와 정을 통하고 말았다. 하나 그녀는 말했다.

"난 난생 처음으로 멋진 연애를 했지요. 연애란 아름다운 것이죠."

성경에 다음과 같은 이야기가 있다.

옛날에 다윗이라는 왕이 있었다. 그한테 나단이라는 선지자가 와서 말했다.

〈어떤 고을에 두 사람이 살았습니다. 한 사람은 엄청나게 부자이고 한 사람은 너무너무 가난합니다. 부자는 매우 많은 양과 소를 기르고 있습니다만, 가난한 사람은 암양 새끼 한 마리 밖에 없었습니다.

임금님, 이 새끼 양을 가난한 사람은 아주 소중하게

키웠습니다. 사내는 자기 자식처럼 귀여워하고 품안에 넣고서 자곤 했습니다. 그런데 한 나그네가 어느 날 부 잣집에 왔습니다.

그런데 임금님, 이 부자는 그 나그네에게 자기의 것 을 먹이기가 아까워서 글쎄, 가난한 사내의 소중한 새 끼양을 가져다가 요리하여 나그네를 대접했던 것입 니다.〉(삼상 12 : 1~4)

이런 이야기를 들은 다윗왕은 그 부자가 한 짓을 크게 성냈다.

〈하나님은 살아계신다. 그런 못된 짓을 한 놈은 사형 이다. 그리하여 그 가난한 사내에게 양을 네 갑절로 갚 게 하면 된다.〉

그때 나단은 다윗왕을 무섭게 노려보며 말했다.

〈왕이여, 당신이 바로 사형될 그 부자입니다 !〉

그러자 다윗왕은 깜짝 놀랐다.

까닭인즉 다윗은 중대한 죄를 범하고 있었기 때문이다.

어느 날 저녁 무렵 낮잠에서 깬 다윗은 왕궁의 옥상에 섰다. 그러자 옥상에서 어떤 집 뜰이 보였다. 그 뜰에서 한 여인이 목욕을 하고 있었다. 몹시 아름다운 여인이 었다. 대체 어떤 여자일까 하며 곧 부하를 시켜 조사토록 했더니 부하인 우리아의 아내 밧세바였다. 누구의 아내이 든 상관없었다. 다윗왕은 사자에게 그 여인을 데려오게 했다. 그리고 다윗은 밧세바와 잠자리를 함께 했던 것 이다.

여인은 곧 집에 돌려보냈지만, 그 뒤 여인이

"당신의 아이를 가졌습니다."

라고 다윗에게 알려왔다.

다윗은 고뇌했다. 유대의 법률로는 간통한 자는 돌에 맞아 죽어야 한다. 그런데 밧세바의 남편 우리아는 전쟁에 나가 있어 아내와는 떨어져 있었다. 다윗은 곧 우리아를 전선에서 불러들였다. 그리고 우리아의 노고를 위로하고 많은 선물을 주며 집에서 천천히 쉬라고 전했다.

그러나 우리아는 충실한 부하였다. 아름다운 아내한테는 가지않고 다른 동료와 함께 왕궁 문에서 잤다. 자기의 대장도 그 장병들도 지금 전선에 있는데 자기만이 집에 돌아가 즐거운 시간을 보낼 수는 없다는 것이었다. 이튿날 다윗은 우리아에게 술을 먹였지만 그는 역시 아내한테는 돌아가지 않았다.

다윗의 계획은 실패했다. 지금 우리아가 아내와 동침만 해준다면 밧세바가 낳은 아이는 우리아의 아이라고 할 수 있다. 그러나 우리아의 고지식함은 뜻밖에도 다윗의 생각을 뒤엎었다.

다윗은 다시 계책을 꾸미고 우리아의 대장에게 편지를 써보내기로 했다. 우리아를 격전의 한 복판에 남겨두고 그를 전사시키라는 편지였다. 그런 편지를 다름아닌 우리아의 손으로 대장 요압에게 보냈다. 충신 우리아는 아무것도 모르고서 명령받은대로 그 편지를 대장에게 전했다.

우리아는 간계(奸計)에 의해 전사했다. 다윗은 우리아의 아내 밧세바를 몇 번째외 이내로 추가시켜 왕궁에서 맞았다. 그리하여 밧세바는 아들을 낳았다.

하나님은 이런 다윗에게 노하고 예언자 나단을 왕한테 보냈던 것이다. 나단이 말한 큰 부자는 곧 다윗이고 가난한 사내는 우리아였다. 하지만 다윗은 남의 일로서 듣고 그 부자에게 노했으며 가난한 사내에게 동정하여 부자를 사형해야 한다고까지 말했다.

〈당신이 그 부자이다.〉

라고 지적되고서야 다윗은 여호와를 두려워하며 떨었다.

"저는 죄를 졌습니다."

다윗은 무릎을 꿇고서 진정으로 회개했다.

이 다윗과 우리는 비슷한 자인 것이다. 부하의 아내를 훔치고 그 부하를 고의로 전사케 한 일은 그리 죄라고 생각지 않고, 큰 부자가 가난한 사내의 새끼 양을 뺏은 일은 사형에 해당된다고 성낸다. 이것이 우리들 인간의 죄에 대한 감각이리라. 그럼에도 다윗은 예언자에게 곧은 말을 듣고 떨었다. 그 점이 아직은 훌륭하다고 하겠다. 신을 두려워하지 않고 사람을 사람이라 생각지 않는 권력자라면 이런 나단과 같은 인물을 말살하는데 주저하지 않았으리라.

이렇듯 성경에는 왕이든 누구이든 그 죄의 모습은 가차없이 폭로되고 있다. 신성하여 침범할 수 없는 인간이란 성경에는 한 사람도 없다.

이 다윗은 그래도 유대에선 명군으로 국민의 사랑을 받은 왕인 것이다. 자못 경애된 왕이긴 하여도 그 죄는 분명히 기록되어 남겨져 있는 것이다.

2

우리는 자기의 죄를 재는 자와 남의 죄를 재는 자의 두 가지를 갖고 있다고 나는 썼다. 자기에게 편리한 저울을 갖고 있다. 이것이 자기 중심의 나타남이다. 이런 자기 중심이 죄의 근원이라고 우리는 배웠다. 자기 중심으로 사물을 생각하는 일은 '남이야 어찌되든 좋다.'는 것과 연결되기 쉽고 이것이 죄의 온상이라 하겠다.

자기 중심이 아닌 자는 한 사람도 없다. 한 인간이 이 세상에서 살아가기 위해선 자기가 자기를 소중히 하는 것은 그야말로 필요하다. 하지만 '자기를 소중히 하는 것'과 '자기 중심'과는 다르다. 이런 '자기 중심'을 끝까지 밀고 나가면 '남이야 어찌되든 좋다.'가 되고, 자기는 헌법이 되고, 자기에게 편리한 일이 옳은 것이 되고 편리하지 않은 것은 옳지 않은 일이 되고 만다.

나는 일찍이 국민 학교 교사로 있었다. 어떠한 직업이든 마찬가지겠지만 특히 국민학교 교사는 하고자 할 마음만 있다면 일거리가 얼마든지 있고 게으름을 피우고 싶다면 얼마든지 게으를 수 있는 일이다. 작문 하나를 채점하는데도 교사에 따라 방식이 다르다. 글씨 하나 하나 꼼꼼이 읽고 오자는 고쳐주며 감상을 쓰고 뛰어난 작문은 등사지에 긁어 인쇄까지 하는 교사가 있는가 하면, 빨리 대

강 읽고서 적당히 채점하고 평 같은 것은 전혀 쓰지 않는 교사도 있다. 그중에는 좀더 심한 교사가 있어,

"어이, 누가 이 작문을 읽어 줄 사람이 없을까?"

둥둥 며칠씩 책상 위에 쌓아두는 교사마저 있었다.

또 아이에게 숙제를 내준 이상 그 답안에는 반드시 정성껏 검토하고 동그라미를 그리는 교사도 있지만 답안을 받아놓고 내버려둔다는 교사도 있다.

혹은 또 학생이 한 달 결석해도 가정방문을 않는 교사가 있는가 하면 복통 따위로 조퇴한 학생의 집에 그날 중으로 병문안을 가는 교사도 있다.

그런데 직원실에서 설치는 것은 부지런한 교사일까 게으른 교사일까? 놀랍게도 대개의 경우 게으른 교사쪽이 뽐내고 있는 것이다.

"아무리 일해 봤자 월급은 오르지 않아요."

"보너스가 가까워졌다고 해서 그리 일할 것도 없지요."

두서넛이 담배를 피워물고 잡담하며 부지런한 동료를 야유한다. 부지런한 교사는 나쁜 짓이라도 하는 것처럼 얼굴을 붉히고 기를 펴지 못하면서 일한다.

이것과 비슷한 일은 우리도 어린 시절부터 경험해 왔다. 예를 들어 담임 선생님이 쉬든가 조퇴하든가 하면 곧잘 청소 당번은 꾀를 부리고 싶어진다.

"오늘은 책상만 정돈하고 청소는 빼먹자구."

개구쟁이 대장이 제안하고 모두가 찬성한다. 그 중에서 한 사람,

"아냐, 나는 청소하겠어. 당번이니까."

라는 아이가 있기라도 하면, 곧 따돌림을 당하고 만다.

"얄미운 자식이야."

하고 싫어한다. 청소를 하는 것은 나쁜 일이 아니다. 옳은 일인 것이다. 하지만 우리는 자기가 옳지 않으므로 너무나 올바른 사람은 경계하게 되는 것이다. 자기의 잘못이 가려지고 있는 듯한 느낌이 든다. 부지런한 교사, 열심인 교사를 놀리든가 진지한 동료를 싫어하든가 하는 것은 대단한 자기 중심의 나타남인 것이다. 자기가 옳다고 하는, '자기 중심'의 사람은 자기보다 올바른 사람을 싫어하는 것이다.

미우라는 술도 마시지 않는다. 월급장이로 있었을 때도 정확한 시계바늘처럼 10분도 시간을 어기지 않고 귀가한다. 지쳐 있어도 아내인 나를 지압해 준다. 결코 여자들과 놀거나 하지 않는다.

일요일에는 교회에 가고 틈틈이 단까(短歌)를 짓고 글씨를 쓴다. 영어 회화 공부를 한다. 오락은 어쩌다가 내 동생이 오면 바둑을 둘 정도로 집에는 텔레비전도 놓지 않는다. (물론 미우라도 죄인의 한 사람이지만). 이런 남성 옆에 있는 남자는 미우라가 눈에 거슬릴 것이 틀림없다. 미우라처럼 진지하고 싶다 생각하기 보다는 미우라도 자기와 똑같이 되어 주었으면 하고 바라는 게 아닐까? 내 형제들은 때때로 농담삼아,

"미우라 형님을 본받으라고 할 적마다 딱 질색이야."
하고 말한다.

인간은 본디 옳은 일이나 깨끗한 것이 별로 좋지 않은 것이다. 만일 좋아한다면 올바른 사람, 깨끗한 사람을 꺼리거나 따돌림하지 않을 게 분명하다. 자기와 같은 크기의 사람과 우리는 한 동아리가 된다. 그러는 편이 안심이 되는 것이다. 까닭없이 올바른 사람이 옆에 있으면 불안

해지고 정신이 어지러워진다.

예를 들어 매우 정직한 상인이 옆에서 장사를 시작했다면 어떨까? 아무런 에누리도 없는 장사를 하고 장부도 전혀 거짓없이 기장하며 세금 신고도 정직하다고 하자. 만사 적당히 하고 있던 상인이 볼 때 이런 동업자는 달갑지 않다.

가정의 주부로서도 마찬가지다. 아이가 태어나 바쁘다고 집안의 정리정돈이나 남편 시중을 소홀히 한다고 하자.

그런 이웃에 어린이가 셋이나 있으면서 집안 일에서 뜰의 가꾸기까지 훌륭히 해내는 주부가 이사해 왔다면 위협을 받을 것이다. 이미 아이가 하나 딸렸다 하는 구실이 통하지 않게 되기 때문이다.

또 험담을 좋아하는 인간은 그런 이야기에 맞장구를 쳐주지 않는 인간이 싫다.

"저 부인은요, 자기가 미인이라도 되는 줄 알고 혼자 잘난 척 하고 있어요."

하고 말머리를 꺼내다가도,

"그래요? 별로 그런 것 같지 않은데요. 어쨌거나 저 정도면 아름답잖아요?"

라는 대꾸가 있다면 화가 치민다. 즉 자기에게 기분을 맞추지 않는 인간은 싫은 것이다. 공범자가 되지 않는 인간은 괘씸한 것이다.

이상 지루할 만큼 나는 인간의 자기 중심에 대해 써 왔다. 그것은 자기 중심이 죄의 근원이기 때문이다.

그러면 자기 자신은 어떤가? 가슴에 손을 얹고 여기서 잘 생각해 보자. 평소에 늘 자기는 옳다, 아무것도 나쁜

일은 하고 있지 않다고 생각하는 사람도 자기의 모습이 슬슬 보이는 게 아닐까? 흔히

'기독교는 사람을 죄인 취급하므로 싫다.'

는 말을 듣는다. 그러나 죄 있는 인간을 죄 있다고 하는 것은 얼마나 친절한 것인가? 병있는 사람을 병이라 하잖고 버려 둔다면 어떻게 되는가? 역시 병이 있을 때에는 병자라고 말해 주는 편이 나로선 고맙다.

'의인(義人)은 없다, 한사람도 없다.'

고 성경에는 분명히 씌어 있다. 올바른 사람은 하나도 없다는 말씀이다.

여기서 잠깐 죄라는 말을 분류하겠다. 우리들은 평소 죄라는 말을 어떻게 사용하고 있는 것일까?

▲ 법에 저촉되는 죄

절도, 살인, 사기, 상해 등으로부터 수회(收賄), 증회(贈賄), 선거법 위반 등 갖가지이다.

▲ 도덕적인 죄

법률에는 저촉되지 않지만 불친절, 배신, 바람끼, 성급함, 짓궂음(심술) 등 생활 속에서 서로간에 폐를 끼치든가 폐끼침을 당하는 죄

▲ 원죄

종교 용어로서 본디의 뜻은 '과녁 빗나가기'라고 들었다. 인간은 애당초 신 쪽을 바라보아야 하는데 자기만 보고 있는 게 과녁을 벗어난 일이다. 그러니까 신 중심이어야 하는데 자기 중심인 것, 이것이 우리들의 원죄인 것이다.

우리는 교도소에 들어가 있는 인간보다는 자기 쪽이 죄

36

없다고 생각한다. 그러므로 이 세상을 활보하며 어쩌다가 교도소에서 나온 사람을 보면,

　"저 사람은 교도소에 있었대요. 도둑질을 했다나요. 무
　서우네요."

하며 눈살을 찌푸린다.

　하지만 과연 교도소에 들어가 있는 인간보다 우리는 죄가 깊지 않은지 어떤지, 그것은 참으로 알 수 없는 것이다.

　이것도 때때로 나는 강연에서 말하지만, 예를 들어

　'도둑질과 험담을 하는 쪽 중 어느 쪽이 나쁜가?'

하는 문제가 있다. 내가 다니는 교회 목사는

　"험담하는 쪽이 죄 많다."

라고 어느 날 설교 중에서 말씀하셨다.

　소중히 하는 목걸이를 도둑 맞았다 하여도 그것은

　"값비싼 것이었는데 아깝다."

　"기념으로 그에게서 받은 것인데 아쉽다."

하는 아픔 정도로 그치리라. 도둑이 들었다 해서 자살한 이야기를 나는 별로 들은 적이 없다.

　하지만 남에게 헐뜯음을 당하여 죽은 노인이나 소년 소녀의 이야기는 가끔 듣는다.

　"우리 집 노인네는 어찌나 먹성이 좋은지 그 나이에도
　세 공기나 먹어요."

라고 쑤군거린 며느리의 험담에 분개하고 그 뒤로 전혀 식사를 거부하여 죽었다는 이야기.

　"A꼬는 S군과 그렇고 그런 사이래."

하고 소문이 퍼져 죽음으로써 항의한 이야기.

　또한 정신 박약아의 30퍼센트는 임신부가 3개월 안에 강

력한 충격을 받았을 때 태어난다고도 들었다. 어떤 아내
는 시누이한테서 남편의 총각 시절 품행을 듣고 그 위에
현재 애인이 있음을 알았다. 그것은 심술궂은 고자질이
었다. 행복으로 가득한 새언니를 질투해서 나온 말이
었다. 이런 시누이의 말에 갓 임신을 하고 있던 아내는 큰
쇼크를 받았고 태어난 것은 정신 박약아였다. 얼마나 무
서운 이야기인가?

우리가 무심코 하는 험담은 사람을 죽음으로 몰아넣고
태어나는 아이를 정신박약아로 만드는 힘이 있는 것이다.
악의 힘이다. 도둑질과 같은 단순한 죄와는 틀린다. 좀더
끈적끈적한 검은 죄이다. 남을 헐뜯는 마음 속에 도사리
고 있는 것은 무엇인가?

적의, 질투, 증오, 우월감, 경박 따위 온갖 생각이 욕
설, 험담이 되어 나타나는 것이다. 이 세상에 남의 욕을
하지 않는 사람은 없다. 그러기에 우리는 누구 할 것없이
죄많은 인간인 것이다. 그런데도 우리는 그런 죄 많음에
가슴아파하는 일은 극히 적다.

"죄를 죄라고 느끼지 않는 게 죄이다."
라고 나는 썼다. 이렇게 쓰면서 나는 내 죄에 대한 감각의
둔함에 몸서리가 쳐지는 것이다.

인간, 그대 약한 자

1

자기 중심은 죄의 근원이라고 나는 썼다. 자기 중심적인 인간은 자기의 생각에 박수 갈채를 하지 않는 자를 미워한다. 앞에서 말했던 대로 자기가 욕을 할 때 함께 욕을 하지않는 상대를 싫어한다. 자기가 태만할 때 함께 태만하지 않는 벗을 꺼린다. 술을 마시는 인간은 마시지 않는 인간을 경멸한다. 그러니까 자기의 공범자(표현이 좀 지나치지만 이를테면 자기의 동조자)가 아닌 자는 질색인 것이다.

생각해 보면 우리들 인간과 절대로 공범자가 되지 않는 바르고 깨끗한 존재는 누구인가? 그것은 신이다. 그러니까 자기 중심일수록 신을 싫어한다. 신을 보려고 하지 않는다. 신을 무시해 버린다.

〈하나님 쪽을 보지 않는 것.〉

이것이 원죄인 것이다. 신을 보지 않으려 하고, 신을 보고 싶어하지 않는 삶, 이런 자세를 지니고부터 인류는 있어야 될 곳에서 벗어나고 말았다. 하지만 자기 중심은 인간에게 있어 참으로 근본 문제인 것이다.

물론 나도 자기 중심의 인간이다. 신을 중심으로 하며, 신을 응시하고 살아가고 싶다 결의하며 소원하고는 있지만 자주 그 결의는 엷어지고 신을 잊는다.

예를 들어 나는 술을 마시고 주정하는 인간이 질색이다. 하지만 신을 응시하며 조금이라도 사람을 사랑하고 싶다 생각할 때는,

> (이 사람은 술을 마시지 않는다면 하고 싶은 말을 못하는 마음 약한 성격인 것이다. 열심히 살고 싶은데 아무도 자기를 인정해 주지 않는다 싶어 불만인 것이다.)

등등 이해할 여유가 생긴다. 하지만 이쪽이 가만히 있는데 느닷없이

"고작 신문 소설이나 쓰고 있는 주제에."

라든가

"당신은 그래도 소설가라고 문학을 한다고 자처하는거요 ?"

등등 하게 되면 곧 분노를 느낀다. 그럴 때 나는 신 쪽을 향하고 있지는 않다. 자기 자신만이 소중할 뿐인 인간이 되어 화를 내는 것이다. 그리고 함께 화를 내주지 않는 미우라를 원망하든가 한다. 즉 공범자가 되어 주지 않는 일이 마땅치 않은 것이다.

신을 좋아 살고 싶다. 신앙심 강하게 행동하고 싶어도 언제나 이런 일을 반복한다. 그만큼 인간은 뿌리 깊게 자기 중심이고 신을 보고 싶어하지 않는 존재인 것이다.

이런 약한 신앙이면서 나는 그래도 그리스도를 믿고, 신을 믿는다고 하는 것이다.

"미우라 상 크리스찬이라면서요 ? 신을 의지하며 살다

니 약하네요. 나는 신같은 건 의지하지 않습니다. 자기만을 의지하며 살고 있지요. 믿을 수 있는 것은 자기 뿐이지요. 자기 밖에 누구를 믿을 수 있겠어요?"

나는 때때로 이런 말을 남들한테서 듣는다. 어느 때는 대놓고서, 어느 때는 편지로. 이런 사람은 세상에 적지 않다.

나는 자기를 믿고 자기를 의지할 수 있다는 사람의 얼굴을 말끄러미 본다. 인간은 그토록 '자기'라는 것을 의지할 수 있는 것일까?

참으로 믿을 수 있는 존재는 무한한 힘이 있으며 참된 사랑을 갖고 있는 불변의 존재가 아니면 안 될 것이다.

나의 친지중에 처녀 시절부터 자기만큼 현명하고 능력 있는 사람은 적다고 믿고 있던 사람이 있었다. 그녀는 여자 대학을 우수한 성적으로 졸업하고 결혼했다. 이윽고 아이가 태어났다. 그녀는 아이를 안는 버릇을 갖게 하지 않는다, 울리지 않는다, 빨리 대소변을 가리게 한다는 숱한 포부를 갖고서 키웠지만 아이는 신경질적으로 잘 울었다. 너무나 울면 그만 안아준다. 안는 버릇은 곧 생겼다. 오줌싸는 버릇도 생겼는데 국민학교에 다니고서도 낫지 않았다. 몸도 허약했다. 게다가 응석받이로 말을 들어먹지 않았다. 그녀는 한숨을 내쉬며 말했다.

"아이 하나쯤 뜻대로 키울 수 있다고 생각했지요."

어버이는 자식을 키우는 게 사명이건만 그런 사명마저 충분히 다하지를 못한다. 얼마나 무력한 것인가 하며 그녀는 한숨지었다.

"아이커녕 자기 자신의 단점마저 고치는 힘을 갖고 있지 않죠, 우리들이란."

하고 말하자, 그녀는 새삼스럽게,

"정말이에요. 자기 일조차 뜻대로 하지 못하는데 아이
가 뜻대로 될 리가 없죠."

라고 말했다.

정말이지 나는 나자신이 무력하다고 생각한다. 천성인
결점 하나도 좀처럼 고치지 못한다.

하나의 예를 들면 나는 정리 정돈이 서투르다. 벗은 옷
을 그대로 팽개쳐 두고 책꽂이에서 꺼낸 책을 제자리에
꽂아두는 일을 좀처럼 않는다. 미우라에게 "어지럽히는
사람, 치우는 사람 따로."라는 말을 듣는다. 사실 미우라
는 '정리광'이다. 책꽂이에서 뽑은 책을 금방 다시 볼 필
요가 있어도 즉시 제자리에 꽂는다. 나는 때로 그를 '정
리장관'이라고 부르지만 이런 정리장관과 11년 한 지붕 아
래 살아도, 나는 조금도 감화되고 있지 않다. 여전히 아무
것이나 어지럽혀 놓고 치우지를 않는다. 다른 결점도 마
찬가지로 도저히 극복할 힘이 없다.

의지할 수 있으려면 그것은 강한 존재가 아니면 안
된다. 그리고 인간은 약한 존재이다.

나는 장난기가 많은 인간으로서 때때로 남의 손금을 보
아준다. 소설 《빙점》에서도 다카기라는 의사가 친구의 아
내 쓰지쿠찌 나쓰에(迅口夏枝)의 손금을 보는 장면을
썼다.

"참, 나쓰에 상의 손금을 봐 드리죠."
다카기는 손을 뻗쳐 나쓰에의 손을 잡았다.
"그러니까 이 선이 미인의 상이죠."
다카기는 진지한 얼굴로 말했다.

"어머나! 정말이에요? 그리고요?"
"글쎄, 잠깐 기다려요. 이 선이 결혼선인데, 쓰지쿠찌
와 헤어지는 게 좋다고 나와 있군요."
다카기는 힐끗 나쓰에를 보고 웃었다.

내 손금 보는 식도 말하자면 이런 것이다. 하지만 지금
까지 늙은이도 젊은이도 남자건 여자건 손금을 보아 준다
고 하면, 모두 순순히 손을 내밀었다. 보지 않아도 된다고
거절한 사람은 단 하나도 없다.
"뜻밖에 바람둥이네요."
라고 하면 장난을 들킨 것처럼 머리를 긁적이든가,
"금전운이 있네요."
라고 하면 바짝 무릎을 다가앉는다. 나는 장난스럽게 말
하는 것이므로 별로 불길한 것을 말하지 않는다. 하지만
만일,
"금년 중에 큰 병을 앓는다."
"사업이 기울 것 같아요."
라고 한다면 상당히 충격을 받을 게 분명하다. 이렇듯 아
무런 근거도 없는 말이라도 사람은 동요하는 약한 존재인
것이다.
언젠가 도쿄에서 손님이 왔다. 홋까이도는 처음이고 비
행기를 타는 게 무서웠다고 했다. 나는 예의 장난기를 띄
고 말했다.
"당신은 몇 월 생입니까?"
"9월이지요."
"어머 9월생인 사람은 높은 곳에 강하대요. 절대 비행기
추락으로 죽는 일은 없대요. 그뿐인가요? 기내에서 유

력한 연줄이 생기든가 멋진 이성과 만나든가 하여 좋은
일이 있대요. 주간지에 씌어 있었지요."
　순간 그는 환해진 얼굴로,
　"그렇습니까, 그렇다면 돌아가는 비행기가 기대되는군
　요."
라고 말했다.
　요즘의 주간지나 월간지에는 점이며 성명 판단 따위가
참으로 많다. 개중에는 절대로 빼놓을 수 없는 기사처럼
싣고 있는 일간 신문도 있다. 그것은 곧 그만큼 수요가
많다는 것이리라. 왜 그렇듯 사람들은 점치는 기사를 읽
고 싶어 하는 것일까? 즉 인간은 약한 존재이기 때문인
것이다.
　'이런 이름의 사람은 얼핏 보면 차분한 것 같지만 의외
　로 경솔하다. 그러나 바탕은 정직하여 남에게 호감을
　준다. 그리 출세는 바랄 수 없지만 남달리 노력하면 뜻
　하잖은 길이 열린다.'
　그런 것이 써 있는 것을 보고서,
　"나는 바탕이 정직하여 남에게 호감을 줄 수 있는 모양
　이에요. 남달리 노력한다면 출세한다나요."
따위로 재빨리 남에게 말하거나 한다. 하지만 생각해 보
면 우스운 이야기다.
　자기 성격은 굳이 성명 판단을 보지 않아도 덜렁이인지
게으름뱅이인지 쯤은 알 것이고 남에게 호감을 사는지 싫
어하는지 모르는 것은 아니다. 남의 갑절이나 노력하면
대개의 사람은 지금의 자기보다도 좀더 그 방면에 숙달할
것은 뻔하다. 그런데도 사람들은 성명 판단이나 점때문에
비로소 자기 발견을 한 것처럼 생각한다.

　원래가 약한 우리는 웬지 점을 믿고 있다. 믿고 있으므로 약간의 결점을 찔려도 '그런가' 하며 뜻밖에 순순히 받아들인다. 그래서

　'덜렁이다.'

　'게으르다.'

하는 점괘 앞에 고개를 숙이는 셈이리라.

2

　'행운의 편지'라는 게 요즘 유행한다고 한다. 내게도 한 두 통 왔다. 곧 휴지통에 버렸지만,

　"1주일 이내에 답장을 보내지 않으면 불행해진다."

등 근거없는 편지에 위협받아 허둥지둥 편지를 쓰는 사람이 이 세상에는 많이 있는 까닭에 유행이 되고 있으리라.

　근거없는 말에 위협받는 약한 인간이므로, 근거가 있는 것이 되면 얼마만큼 위협받을지 상상도 못한다.

　건강을 자랑하던 남자가 차츰 쉽게 피로를 느끼더니 마침내 암이 되었다. 건강할 때에는,

　"몸이 약한 것은 정신이 풀려 있기 때문이다. 나같은 인 간은 병이 들러붙고 싶어도 들러붙지를 못하지."

라며 뽐내고 있었다. 그런데 일단 병상에 눕게 되자 그는 마음이 약해지고 주사 한 대 맞는 것조차 무서워했다. 그런 그는 병 문안객이 아내에게 이런 말을 하는 것을 미닫이 너머로 듣고 말았다.

　"부인, 절망하지 마십시오. 암이라도 나은 사람은 있으 니까요."

　이 한마디로 그는 그야말로 치명적 충격을 받았고 병세가 급격히 악화되어 너무나도 단시일에 죽고 말았다.

　그러나 이 사람을 누가 비웃을 수 있겠는가? 이 것을

읽고 있는 몇 명의 사람이 암이라 선고 받고서도 침착할
수 있을까? 나도 지난 달 미우라가 피로하다 하므로 병
원에 함께 갔다. 의사는 미우라의 얼굴을 보더니,

"아, 곧 입원해 주십시오. 황달입니다. 시약 반응을 조
사해야 합니다. 혈액검사와 간장을 조사합시다."

라고 말했다. 나는 놀라서 속으로 섬칫했다. 바로 며칠 전
내 친정쪽 친척 한사람이 황달이 되고 간장암으로 죽은
일이 있었다. 혹시 미우라도? 사나흘쯤, 일이 손에 잡히
지 않았다. 이전에도 미우라의 위장에 응어리가 있다고
의사가 나에게 알리며 머리를 갸우뚱했을 때도 마찬가지
였다.

우리의 평정(平靜)한 마음은 점 하나, 병 하나로 깨지고
동요한다. 이렇게 약한 '자기'를 나는 믿든가 의지할 수
없다.

참으로 의지할 수 있는, 믿을 수 있는 대상은 강할 뿐더
러 진정한 의미에서 현명하지 않으면 안 된다. 그러나 우
리들 인간은 대체 얼마만큼 현명한 것일까?

남편이 술을 마시고 늦게 돌아왔을 때 어떤 얼굴로서
맞으면 좋을까?

남편에게 애인이 생겼을 때 어떤 태도로 나가면 좋을
까?

아들이나 딸이 형제간에 싸움을 했을 때 어떻게 하는
게 가장 현명한가?

시어머니와 의좋게 살자면 대체 어떻게 하면 좋을까?

자기에게 좋아하는 남성이 나타났을 때 어떻게 처리하
면 좋을까?

심술궂은 이웃과 어떤 식으로 사귀면 좋을까?

이러한 일상 생활에서 생기는 문제조차 우리는 현명하
게 대처하기가 어렵다. 말하자면 내 몸 하나의 일마저 혼
자서 척척 처리할 수 있을 만큼 우리는 현명하지가 않다.

그러므로 신상 상담소는 바야흐로 대번창이다. 이른바
인생 상담에서 진학 상담, 섹스 상담까지 있는 모양이다.
나와 같이 어리석은 자에게도 남편의 외도, 연인의 변심
을 비롯하여 취직 문제, 직장에서 일어난 고뇌까지 매일
처럼 상담 편지가 온다. 개중에는 먼 혼슈(本州)로부터 장
거리 전화를 걸어오는 분마저 있다.

이렇듯 간단한 것도 어쩔 줄 몰라 남에게 상담해야만
하는 '자기'를, 나는 신뢰할 수가 없다.

또한 참으로 믿고 의지할 수 있는 대상은 불변의 것이
아니면 안 된다. 우리들 인간은 불변한 것일까? 인간의
마음만큼 변하기 쉬운 것은 없다. 그것은 우리들이 평소
절실히 느끼고 있는 것이 아닌가?

작년 이맘때 쯤은 그 사람이 좋았다고 생각하면서 새로
운 연인과 지금 산책한 경험을 가진 일은 없는 것일까?
또 반대로 작년은 그렇게도 사랑해 준 그에게 금년엔 새
로운 연인이 생기고 말았다는 경험은 없는 것일까?

"나는 반드시 그대를 행복하게 해 주겠어."

"저는 일생을 두고 사랑하겠어요."
라고 고금 동서의 연인들은 서로 맹세했다. 다른 사람은
바뀌어도 자기의 사랑만은 절대로 바뀌지 않는다. 그렇게
믿고서 쉽사리 맹세하는 것인데, 성경에,

〈맹세해선 안 된다.〉
고 씌어져 있는 것처럼 우리들 변덕스런 인간은 그리 간
단히 맹세할 수가 없는 것이다.

그럭저럭 변하지 않고 결혼까지는 하였어도 결혼 뒤엔 딴사람처럼 서로 으르렁거리는 부부가 되는 일도 있다. 단 둘만일 때는 의가 좋아도 아이가 하나 생기면 아내도 바뀌고 남편도 바뀐다. 거기에 시누이가 있든가 시어머니가 동거하든가 하면 더욱 바뀐다. 그러므로 원수끼리 결혼한 것과도 같은 부부도 출현하는 셈이리라. 부부만이 아니다. 부모 자식이라도, 친구라도 똑같다.

내가 입원하고 있던 병원에 쓸쓸하게 보이는 간호사가 있었다. 반짝이는 눈동자에 흰 살결이라는 표현처럼 검은 눈동자에 이목구비가 반듯하게 생겼지만 웬지 쓸쓸한 느낌이 들어 나는 그녀를 볼 적마다 코스모스를 연상했다. 만주 태생인 그녀는 패전 때 13세로 홋까이도에 귀국했다. 그때 그녀의 막내 동생은 두 살이었다. 그 두 살짜리 동생을 어머니는 만주에 버리고 왔던 것이다. 그녀와 밑의 동생과 여자 동생은 어머니와 함께 일본에 무사히 귀국했다.

업고 있던 막내 동생을 살며시 내려놓고 어머니는 귀국했다. 그런 모습을 본 그녀의 충격은 사라지지 않았다. 무심히 어머니의 등에 업혀 자고 있는 겨우 두 살인 아이가 버려졌다. 그것이 무서웠다. 만일 자기가 두 살이었다면 어머니는 자기를 만주의 광야에 버렸을 것이 틀림없다. 그렇게 생각하자 그녀는 어머니라는 인간이 무서워 견딜 수 없었다고 그녀에게 듣고서야 나는 그녀의 얼굴에 쓸쓸함이 나타나 있는 원인을 알았다.

당시 그런 어버이는 많이 있었다. 자기와 다른 아이가 살기 위해서는, 저 패전의 혼란 속에서는 그럴 수밖에 도리가 없었던 쓰라림을 13세의 소녀였던 그녀로선 몰랐다.

만일 전쟁이 없었다면 그 두 살짜리 사내 아이는 소중히 키웠을 게 분명하다. 어디에 자식을 버리고 싶은 어버이가 있겠는가? 하지만 일단 평화로운 생활이 돌변하면 우리는 내자식도 버리는 무서운 인간으로 바뀔 수 있는 것이다.

평화상태인 현대에서조차 자식을 버리는 어버이, 자식을 죽이는 부모의 기사가 때때로 신문을 장식한다. 우리들 인간은 얼마나 약한 존재일까?

한센씨병(나병)에 걸린 환자의 노래를 보면 슬픈 노래가 많다. '몇 십년동안 아내는 한번도 병문안을 오지 않는다.'든가 '문둥병인 자기를 버린 남편과 고향의 강변을 거닌 꿈을 꾸었다.'든가 '고향의 아내는 세 아이의 어머니가 된다고 하네, 어떠한 사람과 살고 있을까.' 라는 내용의 노래를 보면 부부라는 것의 유대 또한 얼마나 약한 것인가 생각지 않을 수가 없다.

아무리 일생을 두고 사랑하려 해도 우리는 변하기 쉬운 것이다. 한센씨 병이 아니라도 류머티즘을 앓는 아내를 버리고, 정신병인 남편을 버리고…… 하는 식으로 이 세상에서 가장 위로하고 격려를 해 주어야 할 반려(伴侶)가 가장 위로를 필요로 할 때에 떠나가 버린다.

이렇게도 변하기 쉬운 것이 인간인 것이다. 어째서 이렇듯 변하기 쉬운 '자기'를 믿고 의지할 수 있다는 것일까?

언젠가 연극을 보고 있으려니까 한 배우가,

'의지하려면 큰 나무 그늘.'

하며 커다란 버드나무에 기댔다. 그러자 그 큰 나무는 맥없이 흔들리면서 배우와 함께 벌렁 쓰러지고 말았다. 관객은 배를 잡고 웃었다.

이는 엎치락 뒷치락하는 희극이므로 각본대로 큰 나무가 쓰러져서 좋았던 셈인데, 우리들의 인생도 이처럼 힘도 없고 어질지도 못한 변덕스런 '자기' 따위를 잔뜩 믿게 되면 이런 일이 벌어지기 쉽다.

하물며 이런 약한 인간이 조각한 목상이나 석상, 혹은 여우, 말머리 따위가 신뢰의 대상이 될 리가 없다.

어쨌든 인간은 약한 존재인 것이다.

"신을 의지하다니 미우라 상은 약한 사람이네요."

바로 그 말 그대로이다. 나는 확실히 약하다. 나는 약함, 추악함을 잘 알고 있다. 아니, 잘 안다고 할 만큼 현명하지도 못하다.

그리스도의 12제자 중에 베드로라는 사람이 있다. 단순, 솔직한 다혈질로 나는 이런 베드로가 제자 중에서 가장 좋다.

예수 그리스도가 십자가의 고난을 받기 전날밤 베드로는 가슴을 펴면서 예수께 말했다.

"비록 다른 제자들이 모두 주를 버릴지라도 저는 주를 버리지 않겠습니다. 감옥은 물론이고 죽더라도 주님과 함께 가겠습니다."

예수께서 조용히 베드로에게 말씀하셨다.

"내가 진실로 네게 이르노니 오늘 밤 닭 울기 전에 네가 세 번 나를 부인하리라."

예수는 그날 밤 체포된 몸이 되었다. 제자들은 달아나고 베드로는 떨어진 곳의 군중속에서 떨며 예수를 지켜보고 있었다. 그는 다른 사람들한테서,

"너도 한 패지?"

하고 지적되었다. 그러자 그는

　"나는 예수라는 사람을 모른다."

고 말했다. 다시 다른 사람한테서 똑같은 지적을 받았지만 베드로는 체포되는 것이 무서워,

　"아뇨, 모른다."

하고 주장했다. 세번째로 또,

　"너는 확실히 예수와 함께 있었다."

고 고발되었지만,

　"당신이 무슨 말을 하는지 나로선 모르겠다."

하고 끝까지 시치미를 떼었다. 그때 닭이 울었다. 예수는 지긋이 베드로를 쳐다보셨다. 베드로는

　〈죽음에 이르기까지 모시겠습니다.〉

라고 큰소리쳤으면서도 주님이 말씀한 대로 닭이 울기까지 세 번이나 예수를 모른다고 말한 자기를 깨닫고 밖에 나와서 몹시 울었다고 성경에는 씌어 있다.

　그리스도의 수제자인 베드로만 하여도 이렇듯 약하며 마음이 바뀌었던 것이다. 성경의 기록자는 베드로의 불명예를 유난스레 폭로한 것은 아니다. 이 또한 인간이 얼마나 약한 존재인가를 보여준 것이라고 생각된다.

　나는 인간의 약함을 조금 강조하며 써 왔지만 이는 결코 지나친 것이라 할 수 없을 것이다. 인간의 약함은 인간이 언젠가는 죽는 자라는 것 이상으로 바탕이 되고 인성되지 않으면 안 된다.

　물론 인간의 이런 약함에 정나미가 떨어지고 절망하면서 그것으로 좋다는 것은 아니다. 문제는 이런 약한 인간이 참으로 살 수 있는 길이 있는가? 참으로 믿고 의지할 만한 것이 있느냐 하는 점이다.

　사도 베드로는 그리스도의 수난 후 딴 사람처럼 되어
투옥되고 채찍을 맞았으며 그리스도를 전파하지 말라 강
요받아도,

　"인간을 좇기보다는 주님을 좇아야 한다."
고 당당히 반박했다. 나중에 그는 십자가에 거꾸로 매달
려 순교했다.

　우리들은 확실히 약하다. 그러나 신을 따름으로써 강해
질 수 있는 희망은 열려져 있는 것이다.

3

쇼와 40년[1965]경이었을까, 얼핏 보아 30대[사실은 50이 지나고 계셨지만]라고 생각되는 청년이 찾아 오셨다.

이 사람이야말로 실은 《내 파이어니어 분전기》의 저자로서 기독교계에서 알려진 신자 히키다 이찌로(引田一郎) 씨였었다.

히키다 씨는 위대한 사람이다. 얼마나 위대한가는 그 저서 《내 파이어니어 분전기》를 읽어보면 알지만 내가 쓴 그 서문을 조금 인용함으로써 그 일부분을 전하고 싶다.

〈이 넓은 홋까이도의 집들을 한 집도 빼놓지 않고 도보로 그리스도 전도의 트랙트(팜플랫)를 배포한 사람, 그 사람이 바로 히키다 이찌로 씨이다. 히키다 씨는 6년 동안에 실로 3만 킬로미터를 걸었다고 한다. 지구의 둘레는 4만 킬로라고 하니 얼마나 엄청난 거리인지를 알 만하다.

"산속의 집을 찾아갈 때는 곰에게 줄 주먹밥을 준비했지요."

히키다 씨는 언젠가 나에게 이런 말을 하며 웃었다. 한 장의 트랙트를 배포하기 위해 몇 킬로미터고 몇십 킬로미터이고 터벅터벅 걷는다. 어느 때는 영하 32도의 벽촌을, 어느 때는 30도를 넘는 더위의 거리를, 그리하여 어느 때는 사람도 나무도 매몰시키는 눈보라의 광야를 그는 찬송가를 불러가며 트랙트를 배포하기 위해 걸었던 것이다. 더욱이 히키다 씨는 불치라고 일컬어지는 중증의 카리에스를 12년이나 앓았고 그 뼈에서 넘치듯이 고름이 흐르는 몸을 가진 사람이다.

북대(홋까이도 대학)를 나오고 고교 선생까지 한 인텔리이건만 그 얼굴에는 뭐라 말할 수 없는 겸손한 부드러움이 넘쳐 있어 마주 앉아 있는 그 자체만으로도 이쪽의 마음이 위안받는다.〉

이런 히키다 씨에게 나는 언젠가 물었다.

"당신이 존경하고 있는 신자를 가르쳐 주세요."

그는 서슴치 않고 가와쿠찌(川口)시에 사는 야베 도요꼬(失部登代子)상의 이름을 들었다.

그 뒤 상경한 기회를 타서 미우라와 둘이 야베 상을 찾았다. 놀랍게도 그녀는 10세부터 30년간 단 한번도 일어선 적이 없는 관절염을 앓은 병자였다. 그러나 그 얼굴은 환하고 밝게 빛나고 있었다.

오랫동안 시중을 들어주신 어머님이 고혈압이 되셨다 하여 그녀의 침대 곁에는 수도가 설비되어 있었다. 그녀는 엎드린 자세로 쌀을 일고 전기 밥솥에 1인분 밥을 짓는다. 머리앞엔 전화도 있고 마이크가 있었다. 10세 때부터 일어선 적이 없는 도요꼬 상이지만 그리스도를 얻고서부터 이웃 아이들을 모아 주일 학교를 열었다. 이윽고 어른의 집회도 가졌고 그녀에게 인도되어 세례를 받은 사람이 30명을 넘는다고 한다. 그녀의 병실은 기독교 예배의 방이었던 것이다.

지금은 신축된 이충에 병실이 옮겨지고 사람들은 본디

의 병실에 모여 마이크를 통해 말하는 그녀의 이야기를 듣는다. 그녀의 제자라는 대학생이 기념 사진을 찍으러 와 있었지만 나는 뭐라 말할 수 없는 감동을 갖고서 그 청년을 바라보았다.

만일 야베 상에게 신앙이 없었다면 그녀는 과연 오늘의 야베 상이 되었을까? 아마도 자살을 꾀하고[사실 입신(入信)전 그녀는 죽음을 생각했다고 한다] 자포자기가 되어 매일 불평을 말하면서 캄캄한 일생을 보내야만 되었으리라.

이렇게 서지도 못하는 그녀의 집에 소문을 들은 사람들이 전국에서 찾아온다. 그리고 그 아름답고 밝게 미소짓는 얼굴에 격려되어 용기를 얻고서 돌아가는 것이다. 비록 30년을 누운 채 꼼짝 못하더라도 인간은 또 이렇듯 큰일도 할 수 있는 것이다.

히키다 씨와 이 야베 상에게 "신을 믿다니 약하네요." 라고 그 누가 말할 수 있으랴.

자유의 뜻

1

"기독교 신자가 되면 갑갑하겠지요. 나는 자유롭게 살 수가 없게 될까 봐 신앙은 싫습니다."
라는 사람이 많다.
'자유롭게 산다.'
는 것은 대체 무엇인가? 우리는 정말로 '자유'롭게 살고 있는 것일까? 그런 것을 조금 생각해 볼까 한다.

이미 몇 번인가 썼던 것처럼 나는 오랫동안 깁스 베드에서 절대 안정이 강요되고 있던 날들이 있었다. 깁스 베드는 석고 가루의 용액 속에 붕대를 적시고 그것을 엎드린 환자의 등에서 허리에 걸쳐 스무 타래쯤 얹고 건조시켜 만든다. 그러니까 몸의 형태 그대로 만든 돌과 같은 단단한 베드이다. 물론 돌아눕거나 하지 못한다. 몸은 고정된 채이다. 식사는 가슴 위에 얹고 손거울로 그것을 비쳐가면서 먹는다. 세면도 배변도 독서도 집필도 모두 누운 자세로 한다.

"오죽이나 불편하시겠어요?"

내가 만 7년 그런 베드에 누워 있는 동안 몇 백 번이나 사람들에게 그런 말을 들었다. 확실히 그것은 불편했다.

그러나 몸이 자유스럽지 않은 사람들은 깁스 베드에 누워있는 사람만이 아니다. 세상엔 손이 자유스럽지 않은 사람, 발이 자유스럽지 않은 사람, 눈이 자유스럽지 않은 사람, 입이 자유스럽지 않은 사람, 귀가 자유스럽지 않은 사람 등 참으로 갖가지 모양으로 자유스럽지 않은 사람이 많다. 또한 내장병으로 소금을 섭취하지 못하는 사람이나 당분이 금지되고 있는 사람도 역시 자유스럽지 않은 사람이리라.

하지만 이런 육체적으로 자유스럽지 않은 인간은 결코 부끄러운 일이 아니다. 인간으로서 부끄러운 자유스럽지 않음은 따로 있다.

나는 전쟁 중 ×표나 ○표가 많이 들어가 있는 소설이나 책을 자주 읽었다. 예를 들어

〈그와 그녀는 공원의 어두운 숲속에 들어갔다. 별안간 그는 멈추어 서더니 그녀의 ××××× ×××××. 그녀의 머리 냄새가 풍겼다. 그는 다시 ×××××××.〉

하는 소설이나

〈자본주의는 ○○○○○ ○○○이므로 인민은 항상 ○○○○○○라는 것이 된다.〉

하는 등의 문장이다.

전자는 섹스 묘사가 복자(伏字)로 되어 있고 후자는 사상의 표현이 복자로 되어 있는 것이다. 지금 시대는 성 묘사가 진저리가 난다 싶게 노골적이고 사상의 표현도 자유롭다.

나는 전쟁 전부터 전쟁 중에 걸쳐 곧잘 영화를 보러 갔

지만 키스 씬을 본 일이 없었다는 느낌이 든다. 남녀가 다가가서 포옹했다 싶자 몸을 붙인 두 사람의 다리만이 영사되며, 그런 다리를 보면서 관객은

(아아, 지금 키스하고 있구나.)

하며 상상해야 했다.

지금은 누드가 나오지 않는 영화따위는 좀처럼 없는 모양인데, 그래도 전시 중의 통제나 탄압이 있었던 시대로 돌아가기보다는 훨씬 낫다고 봐야 할 것이다. 패전 전에는, 전쟁은 이제 지긋지긋하다고 말한 것 만으로도 경찰에 끌려갔다. 마르크스의 자본론을 갖고 있었다는 것 만으로도 고문받은 자도 있다.

그런 점에서 지금은 자유로운 좋은 시대가 되었다. 그런데 이 자유로운 시대에 우리는 정말로 자유롭게 살고 있는 것일까? 우리는 너무나도 자유로운 시대 속에서 자유라는 낱말 본디의 의미를 잃고 살고 있는 것은 아닐까?

내가 알고 있는 사람 중엔 이런 남자가 있다. 그는 가게를 갖고 있는데 일은 하고 싶을 때만 하고 하고 싶지 않을 때에는 점원에게 내맡긴 채 다닌다. 술을 마시고 싶으면 아침부터라도 마시고 여행하고 싶을 때에는 기차에 훌쩍 오른다. 외박하고 싶을 때에는 외박하고 집에는 아무런 연락도 않는다. 그 아내가 불평을 말하자,

"나는 자유를 좋아해. 내가 하는 일에 일일이 참견하지 마!"

하고 소리를 지른다.

이 남자는 정말로 자유를 누리는 것일까? 그는 자유라는 말의 초보적인 의미조차 모른다. 참으로 자유스럽지

못한 인간이라고 나는 생각한다.

하지만 간단히 말할 수는 있어도 우리 또한 이 남자와 비슷한 크기 정도로 자유라는 낱말을 쓰고 있는 것은 아닐까?

어떤 처녀가 아내있는 사내와 연인 사이가 되었다. 그 처녀의 부모가 충고하자 그녀는 말했다.

"누구를 좋아하든 내 자유잖아요. 내버려 둬요."

또 어떤 아들은 월급 3만 8천 엔 정도 받는데 그 대부분이 술값으로 사라진다. 어머니가 꾸짖었더니 그는 태연하게 대꾸했다.

"내가 번 돈을 무엇에 쓰든 내 자유 아니예요?"

우리들 인간은 이런 저속한 의미로서 아니, 잘못된 '자유'를 그렇게도 원하고 있는 것일까? 우리들의 '자유'는 지켜지지 않으면 안 된다. 그러나 이러한 '자유'는 지켜야만 할 '자유'일까?

2천 년이나 되는 옛날에 성경에는 이미 이렇게 씌어 있다.

〈자유하나 그 자유로 악을 가리우는 데 쓰지 말고 오직 하나님의 종과 같이 하라.〉 (자유인답게 행동하시오. 자유를 악을 행하는 구실로 사용하지 말고 하느님의 종 답게 행동하시오. 벧전 2 : 16)

흔히 하는 말이지만 자유와 방종은 다르다. 응석어린 제멋대로 하는 행동과는 다르다. 인간이 가져야 할 자유는 결코 앞에서 말한 것처럼 제멋대로가 아니다.

자! 그럼, 우리는 여기까지 생각하고서 자기만은 자유인이라고 확신할 수 있겠는가? 유감이지만 참된 자유인은 우리들 속에는 그리 많지 않은 것 같다. 앞에서 손ㆍ

발·눈·귀·입이 자유스럽지 못한 사람이 있다고 썼지만 우리야말로 참으로 손도 발도 눈이나 귀나 입도 자유스럽지 못한 인간인 것이다.

먼저 눈부터 생각해 보자.

나는 《집짓기 상자》라는 소설 속에서 다음과 같이 썼다. '미도리'라는 여고생이 동생의 담임 교사인 스기우라 유지(杉浦悠二)가 숙직하던 날 밤, 학교로 찾아갔을 때의 대화이다.

"저 선생님 인간의 몸 가운데서 가장 죄많은 곳이 어디죠?"

유지는 문득 얼굴을 붉혔다.

"글쎄……"

말끝을 흐리는 유지를 보고서 미도리는 하얀 목을 보여 가며 웃었다. 그 매끄럽게 뻗은 선이 기묘하게도 요염하게 보였다.

"전 말이에요, 눈이라고 생각해요."

"눈? 과연."

방금 미도리의 흰 목에 눈길을 보낸 자신을 생각하면서 유지는 쓴웃음을 지었다.

"난 때때로 자기 눈에서 만일 무언가 뛰어나간다고 하면, 그걸로서도 충분히 사람을 죽일 수 있다고 생각해요, 흔히 찌르는 듯한 시선이라고 하잖아요?"

듣고보니 확실히 눈만큼 죄많은 곳은 없는 것 같았다. 힐끗 보는 눈초리라도 그것이 얼음처럼 쌀쌀할 때 그것으로 사람은 얼마만큼 절망할지 모른다(중략).

"……남자는 여자보다도 더 나빠요. 버스 안에서 나는

언제나 못본 척 하고 있지만 어째서 남자란 그렇게도
여자의 다리에 흥미가 있는 걸까요. (중략) 무릎 언저리
에 시선을 보내지 않는 남자는 없어요.”

　우리들의 눈은 이상의 인용을 보아도 알 수 있듯이 참
으로 자유스럽지 못한 것이 아닌가? 남을 그런 눈으로
보아선 안 된다 생각하면서도 그만 찌르는 것만 같은 눈
으로 보든가 여자의 다리에 눈길을 보내지 않으려 해도
깜빡 힐끔힐끔 보든가 한다. 좀처럼 자기의 뜻대로 눈이
움직이지 않는 법이다.
　시어머니에게 잔소리를 들었을 때, 남에게 욕을 들었을
때 우리는 웃으려 해도 웃지 못한다. 얼굴의 근육은 웃고
있는 것처럼 보여도 눈은 결코 웃지 못한다. 그런 일로 시
무룩하지 않겠다, 냉정히 하자고 아무리 자기는 생각해도
눈은 웃어주지 않는 것이다.
　나는 본래 눈생김이 고약하다. 왕방울 같은 눈으로 힐
끔 노리듯이 보는 모양이다. 나로선 호의에 넘친다고 생
각되는 때조차 무뚝뚝하게 보고 있는 모양이다.
　또한 좋은 것을 보려 해도 좀처럼 그렇게 되지 않는다.
책상 위에 주간지와 교과서가 나란히 있을 경우 학생들은
어느 쪽을 먼저 볼까? 우리의 눈은 우리의 생각대로 되
지않는 법이다. 만일 하루라도 자기의 눈을 자유롭게 쓸
수 있는 인간이 있다고 한다면 그 사람은 대단한 인물이
라고 할 수 있으리라.
　다음은 입.
　이것도 또한 참으로 자유스럽지 못한 것이다. ‘네’라는
말조차 우리들은 만족하게 할 수 없는 입을 갖고 있다. 그

리스도는

　〈옳으면 옳다, 아니면 아니라고 똑바로 말하라.〉(마5 :
　37)

고 가르치고 있는데, "네"와 "아니오"를 분명히 말하라고
하신 것이리라. 남편에게 우리는 얼마만큼 순순히 "네"라
고 대답하고 있는 것일까?

　남편쪽만 하여도 마찬가지다. "아니오"라는 말을 못하
므로,

　"어때, 오늘 퇴근길에 한 잔 할까?"

하는 말에 이끌려 그만 꼭두 새벽에야 집으로 돌아오곤
한다.

　또한 우리는 자기가 잘못 했다 생각해도 좀처럼,

　"잘못했어요."

라고 하지를 못한다. 이런 말 하나라도 뜻대로 술술 나올
수 있다면 인생의 달인이리라.

　언젠가 국철[일본은 국유철도와 사설철도가 있음] 열차 안
에서 어떤 사람이 깡패에게 트집 잡혀 마구 두들겨 맞고
있었다. 하지만 그 열차의 같은 칸에 있는 남자들은 누구
하나 그런 깡패에게,

　"그만 둬요."

하고는 말하지 못했다고 한다. 이것이야말로 바로 말할
용기가 없다는 이야기다.

　"네" "아니오" "고마워요" "잘못했어요" "미안합니다"를
평소에 자유 자재로 쓸 수 있는 인간이 과연 있는 것일
까? 있다고 하여도 매우 드문 게 틀림없다. 그만큼 우리
들의 입은 자유스럽지 않게 되어 있는 것이다. 그래서 술
을 그만 마시려고 하면서도 과음하게 되는 것이고, 조절

하려고 하면서도 과식하게 되는 것이다.

신약 성서 야고보의 편지 제3장을 인용해 보자.

〈누구든지 말에 실수가 없으면 이 사람은 온몸을 제어할 수 있는 온전한 사람입니다. (중략). 혀를 지배할 수 있는 사람은 하나도 없습니다. 혀는 억제하지 못할 만큼 악하며 죽음에 이르게 하는 독이 가득 차 있습니다.〉

정말이지 우리는 "아뿔싸!" 하며 실언(失言)을 후회하는 일이 얼마나 많은가?

(그런 것은 말하지 않았으면 좋았을 것을.)

하고 가슴을 쳐가며 고뇌하는 일이 얼마나 많은가? 세치 혀로 사람을 죽인다는 말이 있다. 우리 입은 지금까지 얼마나 많은 사람에게 상처를 입혀 왔을까? 입이 화를 불러 장관을 그만 두는 실언 정치가도 흔히 있지만, 입을 잘못 놀려 이혼하든가 직업을 바꾼 사람도 이 세상에 얼마나 있는지 모른다. 누구나가 자유스럽지 않은 입을 갖고 있는 증거이리라.

손.

손도 또한 자유스럽지 않기는 마찬가지다. 남편을 배웅하고 빨래를 하자고 생각하지만 그만 텔레비전의 스위치에 손이 뻗쳐 반나절을 허비하고 말았다는 경험은 그리 드문 일은 아닐 것이다.

이런 '사유'에 관해 시고쿠(四國)의 어떤 지방에서 강연했더니, 강연 후 남자 고교생이 분장실로 찾아왔다.

"저는 고교생인데 담배를 피우고 있어요. 안 된다, 안 된다고 생각해도 금방 담배에 손이 뻗치는 거예요. 부디 그런 저를 위해 기도해 주십시오."

그의 진지한 태도에 감동되어 나는 기도했다.

내가 잡화점을 하고 있을 때 어떤 주부가 몽태치기를 했다. 15엔 가량의 소세지인 것이다. 나는 잠자코 있었지만 그 뒤 몇 번이나 같은 짓을 하자 그것을 본 미우라의 조카딸이 한탄하고 있었다. 훌륭한 집안의 주부이건만 그녀의 손은 그만 자기도 모르게 움직이고 말았으리라. 이런 사람의 손은 아무래도 자유스럽지 못한 손이었을 게 틀림없다.

입보다 손이 빠른 사람이 있다. 그만 발끈하여 손이 먼저 나가는 사람이다. 언젠가 이런 사건이 있었다.

아직 너덧 살의 사내 아이가 잘못하여 아버지의 팔목 시계를 망가뜨렸다. 그러자 아버지는 화를 내고 아이를 때렸다. 때린 곳이 잘못 되었는지 아이는 죽고 말았다. 그 아버지는 자기 자식을 죽일 만큼 때리고 싶지는 않았으리라고 생각한다. 그러나 자제심을 잃고 힘껏 때렸을지도 모른다. 설마 자기 자식을 죽이든 살리든 자유아니냐고 하는 그런 아버지는 아니었으리라.

발.

나는 7년간 거의 서는 일이 없는 요양 생활을 했다. 그 뒤 내 발로 서고 걸어서 화장실에 갔을 때 나는 뭐라 말할 수 없는 커다란 기쁨을 느꼈다. 그리고 생각했다.

(만일 병이 나아 어디든 갈 수 있게 되면 먼저 교회로 가자. 그리고 되도록 병자의 병문안을 하자.)

하지만 막상 낫고보니 교회에는 주일마다 반드시 가게끔 되었지만, 병문안은 좀처럼 갈 수가 없다. 지금도 힘써 병자의 병문안을 마음먹고 있지만 생각했던 만큼은 다니질 못한다. 피로하면 역시 눕고 싶은 생각에 사로잡히는 것이다.

이미 쉰 살을 넘긴 남자가,

"오늘이야말로 곧바로 집에 돌아가려 생각하지만 그만
술집에 가든가 여자가 있는 곳에 들리든가 하여 뜻대로
되지 않는다."

고 술회한 적이 있다. 우리의 발도 또한 우리의 의지대로
는 좀처럼 걸어주지 않는 것이다.

이상, 눈·입·손·발이라는 식으로 나누어 썼지만, 결
국 우리는 얼마나 자유스럽지 못한 인간인가 하는 것
이다. 우리는 정말로 자유스럽지 못한 인간인 것이다.

가게의 일도 제대로 하지 않고 술마시고 싶을 때 마시
고 외박하고 싶을 때 외박하며,

"나는 자유를 좋아한다."

고 말하는 사내에 대해 썼지만, 이 사람이야말로 참으로
자유스럽지 못한 인간인 것이다.

요즘 프리 섹스니 하여 사람들은 성의 자유를 구가하고
있다. 하지만 뭐가 프리인 것일까? 이는 섹스에 예사롭
지 않게 빠진 약한 인간의 모습이다. 묶여 있는 모습이다.
자유인 것 같지만 사실은 섹스의 노예가 되어 있는 것
이다. 섹스에 휘둘려지고 있는 노예. 노예란 거주의 자유
도 없고 좋아하는 직업도 갖지 못하는 하인이다. 섹스에
묶여 있고 섹스에서 헤어나지 못하는 노예가 프리 섹스니
하는 것은 참으로 우스꽝스런 일이다.

2

　죄의 문제 장에서 나는 다윗왕에 대해 썼다. 자기의 부하 우리아의 아내 밧세바에 현혹되어 죄를 범한 왕의 이야기이다. 다윗왕 또한 여인에 집착하고 섹스에 묶인 자유스럽지 못한 한 사람의 남자에 지나지 않았다. 이것과 대조적인 사건이 구약 성서에 나온다.

　요셉이란 사람의 이야기다.

　요셉은 아직 독신이고 엄청난 미남이었다. 하지만 그는 충실했으므로 그의 주인은 재산관리 모두를 그에게 맡기고 있었다.

　그런데 어느 날 주인의 아내가 이런 요셉을 유혹했다.

　"나하고 잡시다."

　요셉은 놀라며 격렬히 거절했다.

　"마님. 주인님은 저에게 모든 지배를 일임하여 그 소유물을 안심하고서 저한테 맡겨주고 계십니다. 이 집안에선 제가 지배인으로써 중요한 책임을 지고 있습니다. 또한 주인님은 마님을 제외하고선 무엇이든 저의 뜻대로 해도 좋다, 자유로이 해도 좋다는 말씀을 하셨습니다. 그렇듯 신임해 주시는데 어찌 주인님의 아내이신 당신과 동침할 수가 있겠습니까? 그런 큰 악을 행하여 하나님께 죄를 범할 수가 있겠습니까?"

하지만 그녀는 매일처럼 요셉을 유혹했다. 요셉은 여전히 들어주질 않았고 그녀를 거절했다. 그리하여 되도록 그녀와 단 둘만이 되는 것을 피했다.

그런데 어느 날, 요셉이 볼일이 있어 주인 집에 갔을 때 그녀 말고는 집에 한 사람도 없었다. 그녀는 요셉의 옷자락을 잡고,

"오늘이야말로 나를 품어 주시오."

라고 했지만 요셉은 뿌리치며 밖으로 달아났다. 그러나 그녀가 손을 놓지 않아 그의 옷이 그녀의 손에 남았다.

수치를 당한 그녀는 즉시 사람들을 불렀고 요셉의 옷을 보이면서,

"요셉이 나를 겁탈하려고 내 침실에 들어왔어요. 그래서 큰 소리로 외쳤더니 그가 내 비명에 놀랐나 봐요, 이렇듯 옷을 놔두고 도망쳤어요."

라고 말했다. 이 말을 들은 주인은 몹시 성내며 요셉을 옥에 가두었다. (창39)

나는 몇 번이고 이 장면을 읽어도 요셉의 인격에 감동한다. 우리 주위에 이만큼 여성으로부터 자유인 남성이 있는 것일까? 우리 남편만 하여도, 형제만 하여도, 여인에게 유혹되었을 때 그 올가미에 빠지지 않는 남성은 적은 게 아닐까?

이 요셉도 주인 아내와 놀아날 자유는 있었다. 그러나 그는 거절할 수 있는 자유도 있었다. 그래서 그는 거절을 택했다.

인간이 가져야 할 자유는 그러한 자유가 아닐까? 인간의 깊은 곳까지 자유롭다는 것은 이러한 것이다. 요셉은 전인격이 자유였다.

우리는 자기의 돈을 자기를 위해 쓰는 자유도 있지만, 남을 위해 쓰는 자유도 있다. 남이 곤란받고 있는 것을 보고도 못본 척 할 수 있는 자유도 있지만, 적극적으로 도울 수 있는 자유도 있다. 남의 과실을 용서않는 자유도 있지만 용서한다는 자유도 있다.

하루를 게으르게 보낼 자유도 있지만 부지런히 보낼 자유도 있다. 처자 있는 사람을 사랑하는 자유도 있지만 사랑않는 자유도 있다. 남편을 배신할 자유도 있지만 배신않는 자유도 있다.

'인생이란 선택이다.' 라는 말이 있다. 우리 생활은 모든 사람들이 이러한 자유 속에 있고 그 어느 것을 택하는가는 전부 우리의 자유인 것이다. 인간이 가져야 할 자유란 그 어느 것을 바르게 선택하느냐 하는 점에 있으리라.

성욕이나 금전욕이나 명예욕으로부터 참자유가 아니라면 우리는 곧 사랑의 포로, 육욕의 포로, 금전의 포로, 명예욕의 포로가 되고 말리라. 포로는 자유가 없음이 당연하다.

그런데 우리는 날마다 어느 쪽 길을 택하면서 가까스로 대과없이 보내고 있는 셈이지만, 생각하면 생각할수록 갖가지 일로부터 자유롭지 않음을 알게 된다.

'자유로운 사람이란 언제나 죽음의 각오가 되어 있는 사람이다.'(디오게네스 Diogenos Von Sinope 전404―323)

의 말이 있다. 그렇다고 자살하는 사람은 죽음의 각오가 되어 있어 자유인이라는 것은 되지 않는다. 자살자는 죽음에 매혹되고 죽음에 사로잡힌 사람으로서 결코 죽음으로부터 자유인 사람이라고는 하지 못한다.

우리들 인간은 비록 물욕(物慾)이 없고 명예욕이나 출세욕에 사로잡히지 않더라도 삶에 대한 집착은 어쩔 수 없을 만큼 강한 것이 아닐까? 즉 죽음으로부터는 좀처럼 자유로워질 수 없는 게 아닐까?

나만 하더라도 생의 집착이 매우 지저분할 정도여서 죽음은 무섭다. 한때 생의 의욕을 잃는 허무적인 시절이 있어 자살을 생각한 날도 있었다.

다른 면에선 비교적 욕망이 적은 인간이다 싶지만 문제가 죽음이라면 좀처럼 자유로워지지 않는다. 때때로,

(나는 무언가의 병으로 죽겠지.)

하고 생각하는 일도 있다. 사고사일지도 모른다고 생각하기도 한다. 다이쇼(大正) 11년(1922) 이전에는 이 세상에 내가 존재하지 않았으므로, 앞으로 이 세상에 내가 없는 때가 와도 당연하지 않는가 하고 나 자신에게 들려주기도 한다.

미우라는,

"좋지 않은가, 죽는다는 것은. 죽으면 죄를 질 걱정도 없고 천국에 들어가게 해주신다는 약속도 있으니. 그리고 천국에선 이미 죽는 일도 없으니까."

하고 환한 얼굴로 영생의 희망을 이야기한다. 나는 도저히 거기까지는 이르지 못한다.

지금 우르르 강한 지진이 일어나면 나는 얼마나 허둥지둥 할까, 죽음이 선고되면 풀쩌 주저앉는 게 아닐까, 생각해봤자 별 수 없는 일을 곧잘 생각한다.

진짜 자유인은 죽음으로부터 자유롭지 않으면 안 되는 것이다. 우리가 속하는 아사히까와 로쿠조 교회에 '메이지 시대' 나가노 마사오(長野政雄)라는 신자가 있었다.

이 사람은 아사히까와 철도 운수사무소의 서무 주임으로, 주일에는 교회 학교의 교장으로 봉사하고 계셨다. 참으로 신앙심이 강한 분으로 감동적인 에피소드가 많다.

이 사람은 매년 정월 초하루면 유언장을 썼다고 한다. 그리고 그런 유언장을 늘 품안에 간직했다. 그 유언장을 여기 소개하고 싶다.

첫째, 나는 감사하며 모든 것을 하나님께 바친다.

둘째, 나의 큰 죄는 예수님이 속해 주셨다. 형제 자매들이여, 내 죄의 크고 작음을 가릴 것 없이 모두 용서해 주시기를. 나는 형제 자매가 나의 죽음으로 아버지 하나님께 가까워지고 감사의 참뜻을 깨달아 주길 기도한다.

셋째, 어머니나 친척은 기다리지 말고 24시간이 지나면 장례해 주도록.

넷째, 내 집의 역사(일기), 그밖에 내가 쓴 것 및 편지(엽서 포함)등 모두 태워버릴 것.

다섯째, 화장을 하며 가급적 허례를 피하고 이에 대한 시간과 비용은 가장 경제적으로 할 것. 염습 따위는 필요 없으니 마땅히 폐지할 것. 이력의 낭독, 의식적 소감 등은 하지말 것.

여섯째, 생사고락을 하나같이 감사하노라.

내가 영면하면 매우 죄송하오나 이상 적은 대로 해주시기 바랍니다. 경구(敬具).

이 유서를 보면 나가노 씨가 가장 말하고 싶었던 것은 장례식 등 형식적인 것은 되도록 간략히 하고 그것보다도 신에 대한 감사와, 자기 죄의 용서와, 자기 죽음으로 신에게 가까워지기 바란다는, 이를테면 자신의 일이 아닌 신의 일이었다.

만일 우리가 유서를 쓴다고 하면 어떤 유서를 쓸까? 그렇게 생각하면서 한 조목, 한 조목을 맛보면 이 유서의 무게를 알 것만 같은 느낌이 든다.

메이지 42년(1909) 2월 28일, 나가노 씨가 '나요리'에 출장갔다 돌아오는 길에 타고 있던 차량이 돌연 '시오까리 고개'에서 분리하여 역주(逆走)했다. 연결기의 고장이었다. 승객들은 곧 흙빛이 되며 어쩔 줄을 몰라했다. 전복 사고를 겁냈던 것이다.

그때 나가노 씨는 순간 손을 모으면서 기도를 드렸다 싶자 즉시 얼어붙은 밖으로 뛰어나가 핸드브레이크를 돌려 기차를 서행시켰다. 그리고 자기 몸으로 버팀목이 되려고 했는지 선로상에 뛰어내렸으며, 열차는 그의 몸을 타고 완전히 정지했고 승객 전원의 목숨은 무사히 살려냈다. 나가노 씨는 이때 아직도 30세인 독신 청년이었다.

이 사건은 당시의 아사히까와, 삿포로의 사람들을 감동시켰으며 그의 사진과 늘 지니고 있던 유서는 그림 엽서가 되어 발매되었다. 나가노 씨는 내 소설 《시오까리 고개》의 주인공 나가노 노부모의 모델이다.

이 나가노 씨야말로 참으로 죽음으로부터 해방된 자유인이라 할 수 있는 게 아닐까? 그에겐 선로에 뛰어내릴 자유도 있었지만, 뛰어내리지 않을 자유도 갖고 있었기 때문이다. 하지만 그는 뛰어내렸던 것이다. 이것이야말로 죽음으로부터 자유이고 인간이 가져야 할 자유의 극치가 아니고 무엇이랴.

〈진리를 알지니 진리가 너희를 자유케 하리라〉(롬6:18)고 성경에는 씌어 있다. 우리는 마음을 억누르고 자기를 응시해 보자. 나는 정말로 자유로운 인간인지 어떤지. 인간으로서 가져야 할 자유를 갖고 있는지 아닌지. 그때 우리는 자기가 얼마나 자유스럽지 못한 인간인지를 겸손히 알 수 있으리라. 자기가 자유스럽지 못한 인간이라고 솔직히 인정할 때 우리는 참된 자유의 길을 걷기 시작한다고 해도 좋을지 모른다.

갖가지 사랑

1

소노 아야꼬(曾野綾子) 씨의 《누구를 위해 사랑하는가》
라는 책이 베스트셀러로 계속 팔리고 있다. 사랑과 죽음
은 우리들 인간에게 영원한 과제임에 틀림없다. 하지만
정면에서,

"사랑이란 무엇인가?"
하고 질문받으면, 우리는 대체 뭐라고 대답해야만 할까?

내가 젊었을 무렵, 나 같은 사람에게도 '당신을 사랑
한다'고 말해 준 남성이 몇 몇 명 나타났다. 그러나,

"사랑한다는 건 어떤 것이죠?"
하고 물었을 때 돌아온 대답은 참으로 각각이었다. 어떤
사람은,

"좋아해."
라고 했으며, 어떤 사람은,

"결혼하고 싶은 거예요."
라고 했으며, 어떤 사람은,

"모르겠어. 다만 언제나 함께 있고 싶어."

라고 말했다. 젊었던 나는 건방지게도 모른다고 말한 남성에게 말했다.

"사랑이 뭔지 모르면서 어떻게 사랑한다고 할 수 있지요?"

하지만 지금 생각해 보면 모른다는 말은 함축성이 있는 진실된 말로 생각된다. 잘 생각해 보면 모른다는, 해명하기가 곤란한 문제를 포함하고 있는 게 '사랑'인 것 같다.

나의 소설 《빙점》엔 1954년 9월의 토야마루[洞爺丸 : 홋까이도와의 연락선, 철도 기관차를 그대로 싣게 되어 있는데 태풍으로 조난사고] 사건이 씌어져 있다. 이 토야마루가 '하코다데'의 해변에서 전복되었을 때 구명대가 부족했다. 이때 배에 타고 있던 두 명의 외국인 선교사는 자기의 구명대를 두 사람의 일본인 젊은 남녀에게 각각 양보해 주었던 것이다.

"지금 일본에선 젊은 당신들이야말로 필요한 사람이다."

하고 선교사는 말했다고 한다. 그리고 이 두 사람의 선교사는 이국의 바다에서 그 최후를 마쳤던 것이다. 한 사람은 삿포로, 한 사람은 오비히로에 살았던 선교사들이었다.

폭풍 속에서 자기가 타고 있던 배가 전복했을 때 우리는 과연 자기가 걸치고 있는 구명대를 다른 사람에 양보한다는 희생적 행위를 할 수가 있는 것일까? 모두가 필사적인 순간인 것이다. 일단 몸에 장착한 구명대를 일부러 다시 풀어 주라고 누구도 강요는 않는다. 비록 주지 않더라도 누구도 비난 따위는 않는다. 누구나가 살고 싶은 것이다. 타인의 일따위를 염려할 여유도 없는 때인 것이다.

그런 긴급할 때 이 두 사람의 외국인 선교사는 전혀 알지도 못하는 타국의 젊은이에게 자기의 생명을 구해줄 구명대를 양보해 주었던 것이다.

나는 앞장에서 자유라는 관점에서 차바퀴에 깔리며 승객의 목숨을 구한 나가노 마사오 씨에 대해 말했지만, 나가노 씨와 선교사의 행위는 가장 소중한 목숨을 남에게 준 예이다.

사랑하는 것이란 무엇인가? 가장 중요한 자기 목숨을 남에게 주는 일이야말로 사랑한다고 말할 수 있는 게 아닐까?

〈사람이 친구를 위하여 자기 목숨을 버리면 이에서 더큰 사랑이 없나니.〉(요15 : 13)
라고 성경에도 씌어져 있다.

'사랑'이란 남을 위해 목숨을 버릴 만큼 엄격함을 갖는법이다. 이것을 '사랑'의 기준으로 삼아, 우리는 우리들이 '사랑'이라고 생각하는 것을 다시 한번 검토해 볼 필요가 있다는 느낌이 든다.

먼저 남녀의 사랑을 생각해 보자.

내가 아는 사람 아들이 어떤 아름다운 여성과 연인이되었다. 그러나 그 여성은 상대편 양친의 마음에 들지 않았다. 복장이 하려한 게 불인했던 모양이다.

어느 날 밤 이 아들이 연인과 드라이브했다. 아마 두사람은 차 안에서 달콤한 속삭임을 나누고 있었을 게 틀림없다. 그곳은 거리의 불빛이 멀리 보이는 언덕 위였다. 느닷없이 두사람의 차 도어를 연 자가 있었다. 3인조 깡패였다. 이 아들은 어디를 어떻게 하며 달아났는지, 어쨌든 연인을 팽개치고 뒤도 돌아보지 않고서 산밑으로 달아났던 것이다.

그는 그후 조금씩 노이로제에 걸렸다. 자기 자신은 그녀를 진심으로 사랑하는 줄 믿고 있었다. 결혼하리라 진지하게 생각했고 그녀를 위해서라면 목숨도 필요없다고까지 마음먹고 있었다. 그래서 그런 순수한 자기의 생각에 커다란 기쁨과 사는 보람을 느끼고 있었다.

그런데 사랑을 속삭이는 도중 깡패가 나타나고 흉기가 번뜩거린 순간 그녀를 버려둔 채 걸음아 살려라 하며 도망치고 말았던 것이다.

"이렇듯 진실되지 못한 비겁한 나라고는 생각지 못했다."

그는 분하게 여기고 자기 혐오에 사로 잡혔지만 이미 늦었다. 물론 그의 사랑은 깨어지고 말았다.

하지만 우리는 과연 이 청년을 비겁자라고 비웃고 성실하지 않다고 책망할 수가 있을까? 그는 아무 일도 없을 때에는 상대편 여성에게 목숨을 주어도 좋다 할 만큼 확실히 사랑하고 있었다. 그것은 결코 거짓말은 아니고 진실한 감정이었던 것이다. 그러나 행인지 불행인지 그의 그런 생각이 시험받을 때가 왔다. 거기서 그는 뜻하잖게 자기 사랑의 취약함을 보고 말았던 것이다.

우리만 하여도 연인을 진실로 사랑한다 생각하고 남편을 정성을 다하여 사랑하고 있다고 생각한다. 그러므로 때로는,

"내가 이렇게까지 성의를 다하는데."

라는 등 말한다. 특히 여성은 이런 불평 불만을 갖는 일이

많다. 하지만 과연 우리들의 사랑은 그만큼 진실된 것일까?

나는 아사히까와(旭川)에서 태어나서, 아사히까와에서 성장했다. 어렸을 적부터 곰 이야기를 들으며 자랐다. 전후에도 시내의 아이누 부락에 기르고 있던 곰이 우리를 부수고 달아나, 근처의 아이가 머리털을 잡아뜯겨 중상을 입은 사건이 있었다.

작년엔 히다카(日高)의 산에서 대학생 세 사람이 곰에게 잡아 먹혔다. 그런 이야기는 지금껏 얼마나 들었는지 모른다. 그러므로 아사히까와에서 1시간 남짓으로 갈 수 있는 소운꼬(屬雲峽)에 가도 곰이 나오지 않을까 겁이 난다.

곰은 좀처럼 나오지 않지만 근년에 소운꼬의 여관 곁이나 국도에 나타난 일은 있다. 미우라와 둘이서 걷고 있을 때 만일 곰이 나온다면 나는 앞에서 말한 청년과 마찬가지로 미우라를 두고서 달아날 거라고 생각한다. 미우라는 요양 중인 나를 5년이나 기다리고 두 살 연상인 37살의 나와 결혼해 주었다. 이는 기다린 결과 5년 뒤에 나앗으니까 망정이지, 병이 낫지 않았다면 그는 10년이라도, 평생이라도 기다렸을지도 모르는 성실한 사람인 것이다.

그래서 나는, 미우라에게 감사의 생각을 갖고 사랑하는 셈이다. 하지만 그것은 어디까지나 그런 셈이지 여차하면 무엇을 할지 모른다. 곰과 만나도,

"미쯔요 씨, 내가 잡혀 먹힐 테니 당신은 빨리 도망가요."

하고는 결코 말하지 않으리라. 그를 곰 쪽으로 밀어 붙이고 나 혼자 재빨리 도망쳐올지도 모른다.

여차하면 그런 잔혹함·냉혹함을 드러낼지도 모르는 게

인간인 것이다. 무사 평온할 때는 마음 깊은 속에 자기도
깨닫지 못할 만큼 깊고 깊은 속에 숨어 있어도 여차하면
그런 냉혹함이 얼굴을 내민다. 그런 냉혹함을 가슴에 숨
기고 있음을 안다면,

"사랑해요."

등등 우리들은 과연 말할 수가 있을 것인가?

우리들 일생에는 다행히도 그렇게 남의 목숨을 위해 내
목숨을 던져야만 하는 사태는 일어나지 않는다. 그러나
날마다 평범한 생활 속에서 우리들의 마음 밑바닥에 있는
냉혹함은 불쑥 불쑥 얼굴을 내민다.

"우리 같은 평사원은 월급이 적잖아요. 그러니까 큰일
이죠."

등의 말을 태연히 입 밖에 내는 아내들이 얼마나 많은 것
일까? 평사원이니, 시원찮은 월급이니, 하는 말이 남자
에게 얼마나 상처를 주는지를 아내들은 모르는 것일까?
그런 상처주는 말을 입에 올리면서,

"사랑해요."

라고는 도저히 하지 못한다. 알고 있으면서도 쓰는 것은
이미 논외의 문제다.

남편도 또한 자주 태연한 얼굴로,

"무엇을 입어도 당신같은 사람에겐 어울리지 않아."

라는 둥 말한다. 이런 말이 아내의 가슴에 푹 찔리는 것을
모를 만큼 남자 또한 냉혹한 것이다.

2

남자와 여자 사이의 애정은 애당초 타인이므로 차갑게 바뀌는 일이 있어도 도리가 없다. 그러나 부모 자식의 사랑은 위대하다고 하는 사람이 있다.

언젠가 나는 다음과 같은 기사를 신문인지 잡지에서 읽었다.

(우리들은 자기애(自己愛)의 덩어리이다. 그 증거로 자기 속에서 나오는 것에는 애정이 있다. 콧구멍에 손가락을 집어넣어 코딱지를 후비고 그것을 지그시 응시하든가 언제까지나 손가락으로 뭉치든가 한다.

수세식 화장실에 들어가 대변을 보고 소화의 좋고 나쁨이나 색깔을 자세히 살피고서 물을 내린다. 그러나 타인이 잊고 물을 내리지 않은 화장실에라도 들어갔다 하면 "어머, 더러워" 하면서 밖으로 뛰어나온다. 같은 대변인데 타인의 것은 더럽고 자기의 것은 자세히 볼 수가 있다.)

는 것이었다.

하물며 자기 몸으로 낳은 자식, 자기 혈육을 나눈 어린이가 귀여운 것은 당연하다는 것이 된다. 이를테면 어린이는 자기의 분신(分身)인 것이다. 자기가 귀여운 것처럼 어린이가 귀여운 것이다.

이는 누구에게 배우지 않더라도 갖고 있는 본능적 사랑인 것이다. 나는 요즘 하나님이 어버이에게 본능적 사랑을 준 이유를 조금 알 것만 같은 느낌이 든다.

갓 태어난 아기는 어머니가 그 젖을 물려주고 기저귀를 갈아주지 않으면 무엇하나 스스로 못한다. 목욕도 해주어야 한다. 감기도 걸리기 쉽다. 잠투정하며 우는 아이도 있다. 그러나 어머니는 귀찮다고 생각지 않고서 말 한마디 못하는 아기에게 필요한 시중을 기꺼이 들어주는 것이다. 젖을 빠는 아이의 얼굴을 싫증도 안내고 바라보며 오늘은 웃었다든가 재채기를 했다든가 하는 것을 하나 하나 마음에 새기고 남편에게 보고한다.

이리하여 차츰 이유식을 먹게 되고 기어다니고 따로하고 걸음마를 하며 말을 하게 된다. 어린이가 말을 배우는 것은 어머니의 끊임없는 말붙임에 따른 것이다. 어머니가 아직 아무것도 모르는 어린이에게 말을 걸고 있는 모습만큼 깨끗하고 아름다운 것은 없는 것만 같다.

하지만 그런 어머니의 사랑은 어머니들의 인격에서 발하는 무사(無私)의 사랑은 아니다. 인격적으로는 꽤나 차가운 인간이라도, 에고이스트라도 내 자식 귀엽다는 본능적인 사랑은 갖고 있는 것이다.

인간에게 만일 이런 본능적 사랑마저 없다고 한다면, 어린이는 도저히 무사하게 자랄 수는 없으리라. 인간한테서 이런 본능적 사랑을 제거한다면 대체 어떠한 사람이 남을까? 그만큼 인간은 사랑이 없는 존재랄 수도 있다. 그러기에 하나님은 인간에게 본능적인 사랑을 주셨던 것인지도 모른다.

앞에서도 썼지만 요즘은 이런 본능적인 사랑조차도 사

라져 버린 어버이들이 나타났다. 유아 학대며 유아 살인의 신문 기사가 하루에 3건이나 실린 일이 있다.

자기의 욕망이 강해질 때, 어린이가 귀엽다는 모성의 본능마저 잃고마는 것일까? 걸리적거리는 젖먹이가 있다면 애인의 마음을 붙들어 둘 수가 없기 때문이라며 아무런 죄도 없는 자식의 목을 조른 어머니가 있다.

잔혹한 어머니라고 우리들은 말한다. 하지만 자식보다도 자기가 귀하게 되면 어버이는 무슨 짓을 저지를지 모르는 자인 것이다.

전쟁 전 일본의 농촌에선 가난 때문에 얼마나 많은 딸들이 팔려갔는지 모른다. 그것은 정치나 사회에 문제가 있었을 테지만, 어쨌든 어버이가 가난에 견디다 못하여 내자식을 매춘부 따위로 팔아 먹었던 것이다.

"아무리 돈에 쪼들려도 나는 그런 짓은 않는다."
고 우리들은 말한다. 그러나 내 자식을 팔아먹은 사람들도 또한 평소엔 그리 생각한 게 틀림없는 보통의 부모들이었던 것은 아닐까?

병원에 올 적마다 돈이 없음을 한탄하는 아버지의 말에, 마침내 요양소 뒷쪽 강에서 죽은 요우(療友)며 패전시에 자식을 외국에 버리고 돌아온 어머니들의 일도 나는 지금까지 이야기하든가 쓰든가 했었다.

하지만 이런 어버이들 또한 보통의 어버이들과 주금도 다를 바 없었을 게 틀림없다. 아무리 보통의 평범한 어버이들이라도 일단 금전 쪽이 중요해지든가 자기 목숨 쪽이 소중해지든가 하면 자식을 버리고 혹은 팔고 자살에까지 몰아넣고 마는 것이다.

자식을 키우기 위해 필요한 본능적인 사랑마저 무너뜨

릴 만큼의 뿌리깊은 자기애[사랑이란 말을 쓰지 않고 이기심이라고 해야 할지도 모른다]가 우리들 속에 숨어 있다. 그런 사실을 이상의 어버이들은 말해 주고 있는 것이다.

이런 어버이들이 특수한 인격의 인간은 아니고 일반적인 평범한 인간이라는 점에 나는 공포를 느낀다. 그러니까 우리 또한 그 한 사람이라는 것이다. 어버이로서 사랑조차 다할 수 없는 인간임을 우리는 좀더 바로 보지 않으면 안 된다고 생각한다. 구약 성서에는 굶주린 어버이들이 내 자식의 고기를 삶아 먹었다는 전률적인 기사가 나오고 있는 것이다.

우정은 이 지상에서 어쩌면 가장 아름다운 것일지도 모른다. 그것은 남녀간처럼 육욕이 동반되는 애정도 아니고, 부모 자식마냥 본능적인 애정도 아니다. 이것이야말로 인격과 인격의 결합에 의한 사랑인 것 같다.

내가 아는 K꼬와 S꼬는 국민학교 때부터 둘도 없는 친구였다. K꼬가 있는 곳에는 반드시 S꼬가 있었다. 쉬는 시간 운동장에서 놀 때는 물론이고, 화장실에 갈 때도 집에 돌아갈 때도 등교할 때도 그녀들은 언제나 함께였다.

여학교에 들어가서도 마찬가지였다. 두 사람은 손을 잡고 한 벌인 예쁜 지갑을 갖고 있었다.

그녀들이 여학교를 졸업하고서 몇 년 지났을 때였다. 나는 놀랄 만한 일을 S꼬한테 들었다. K꼬가 S꼬의 남편을 빼앗아 결혼했다는 것이었다. S꼬는 말했다.

"평생 K꼬의 얼굴 따위 보고 싶지 않아요."

의가 좋았던 두 사람을 알고 있는 나로서는 믿어지지 않는 일이었다. 나는 단순한 인간이므로 눈이 크고 둥근 얼굴의 K꼬와 눈이 가늘고 갸름한 얼굴의 S꼬는 서로 끌리는 데가 있어 의가 좋은 거라고 생각했다. 그리하여 K꼬가 좋아하는 남성형과 S꼬가 좋아하는 남성형이 틀릴 것이다. 그러므로 한 남자를 둘러싸고 다투는 일 따위는 결코 없으리라 생각했다.

사실 그녀들이 택한 남성은 전혀 다른 타입이었다. 그런데 K꼬는 조금 지나치게 매력적인 여자였던 것이다. 그 큰 눈에는 요사스런 빛이 있고 그것이 S꼬의 남편을 홀렸던 것이다.

우정도 이해가 따르지 않는 한 오래 간다. 그러나 동시에 한 이성을 사랑하게 되거나 했을 경우, 그런 우정은 허무하게 무너지고 만다.

또한 친구에게 돈을 빌려주고 그것이 원인이 되어 우정을 잃은 예는 세상에 많이 있다. 만일 진정한 우정이 있다면 돈을 돌려주지 않는다 해서, 돌려받지 못한다고 해서 우정이 깨지는 일은 없을거라고 생각한다. 하지만 일이 그리 간단하게 되지 않는다는데 우정이라는 것에 미덥지 못한 허망함이 깔려 있는지도 모른다.

우리들은 자기 남편을 혹은 아내를 연모한다면 아무리 의좋은 친구였다 하더라도 곧 증오할 존재로 바뀌리라.

3

사랑에는 남녀간의 사랑, 부모 자식·형제의 사랑 곧 에로스의 사랑에서 우애, 사제애(師弟愛), 사회애(社會愛), 국가애, 인류애 등이 있고 그리고 신의 사랑이 있다.

이 몇 가지 사랑 중에는 그 성격이 전혀 상반되는 것마저 있다. 국가애가 인류애와 일치되는 일은 드물다.

전시 중의 일을 젊은 사람은 모를 테지만 그때는 영어 사용이 금지되었다. 레코드를 음반, 퍼머넌트를 전발(電髮), 바이올린을 제금(提琴)이라고 하는 식이었다. 그러나 라디오나 그밖에 아무래도 한자로 끼워 맞출 수 없는 이름도 많이 있어 철저할 수는 없었다.

왜 영어를 쓰면 안됐을까? 그때의 적국, 영국이나 미국의 국어였기 때문이다. 영어를 조금 사용하면,

"적성어를 쓰다니 괘씸하다. 비국민이다."

라는 소리를 들었던 것이다. 이런 좁은 소견, 배타적인 것이 애국심에는 포함된다.

당시 어떤 부인회가 포로수용소에 견학을 갔다. 부인들은 그곳에서 무엇을 보았는지, 그것은 모른다. 그러나 그 중의 한 사람이 미영(美英)의 포로를 보고서 동정했다.

"가엾게도."

이 한마디가 곧 전일본의 문제가 되었다.

"적국인에게 가엾다니 무슨 소리인가!"

하고 많은 일본인은 분개했다. "가엾게도"

라는 말이 비국민의 말 대표처럼 떠벌려졌던 것이다. 지
금 생각하면 너무나도 우스꽝스런 것이지만 사실이었던
것이다. 이와같은 애국심이 인류애의 성격과 서로 다름은
말할 필요도 없다.

에로스의 사랑은 신의 사랑과 성격을 달리한다. 그 중
에서도 이성간의 사랑은 "당신을 행복하게 해드리겠습
니다."고 말로선 속삭여도, 이를테면 자기의 뜻을 이루는
자아의 충족, 육욕의 충족이 그 바탕에 있다. 바로 '사랑
은 아낌없이 빼앗는 것이다."이다. 아니 이성에 대한 사랑
만이 아니다. 부모 자식의 사랑이든 애국심이든 신의 사
랑과는 전혀 다르다.

어떻게 다를까? 성경의 유명한 사랑의 장(章)인 [고린
도전서] 제13장을 발췌해 보자.

〈사랑은 오래 참고 사랑은 온유하며 투기(시샘)하는 자
가 되지 아니하며 사랑은 자랑하지 아니하며 교만하지
아니하며

무례히 행치 아니하며 자기의 이익을 구치 아니하며
성내지 아니하며 악한 것을 생각지 아니하며

불의를 기뻐하지 아니하며 진리와 함께 기뻐하고

모든 것을 참으며 모든 것을 믿으며 모든 것을 바라
며 모든 것을 견디느니라.〉

이곳을 읽을 때 시험삼아 '사랑'이라는 말대신 '나'라
는 말을 넣어 읽어보면 좋다고, 나는 신앙의 벗에게 배
웠다. 즉 〈나는 오래 참고 나는 온유하며 투기하는 자가
되지 아니하며……〉

라는 식으로 읽는 셈이다.

〈나는 자기의 이익을 구치 아니하며 성내지 아니하며……
……〉

라고는 도저히 말 못할 자기를 우리는 싫더라도 찾아내게
되리라. 이렇게도 '나'라 하는 말이 걸맞지 않는 문장은
없는 게 아닐까? '사랑' 대신 '나'라는 낱말을 바꿔넣을
수 없다는 것은 우리들 인간의 사랑이 얼마나 하찮은 것
인지 말해주는 것이다.

〈성내지 않는〉 인간은 없다. 우리들은 곧잘 성을 낸다.
왜냐, 자기의 뜻대로 되지 않는 불만 때문이다.

대중 목욕탕에서 작은 아이가 자기 옷의 단추를 끼우려
하고 있었다. 좀처럼 끼어지지 않는다. 어머니가 끼어주
려고 하자 어린이는 그 손을 뿌리치고 자기 손으로 끼우
려고 한다. 어머니가 손을 가져간다. 어린이는 뿌리친다.
마침내 어머니는 화를 내어 아이에게 소리치고

"늦어지지 않니."

하고 난폭하게 어린이 옷의 단추를 끼웠다. 이런 장면을
나는 언젠가 보았지만, 이것도 우리들 일상의 한가지 예
이리라.

〈교만하지 아니하며 자랑하지 아니하며〉

이것도 사랑의 성질인 것이다. 하지만 우리들은 얼마나
교만하고 자랑하는 존재인가? 옷입는데 약간의 센스가
있는 자는 센스가 나쁜 인간 앞에서 얼마나 자랑하고 있
는가? 성적이 좋은 인간은 성적이 나쁜 자 앞에서 얼마
나 교만한가? 그렇게 생각하면 교만하고 자랑하는 일이
곧 사랑이 없는 행위임을 알 수 있다.

더욱이 자랑스런 것도 아닌 일마저 우리는 자랑하는 법

이다. 공부를 하지 않았다. 학교를 잘 빼졌다. 교사를 때렸다는 일마저 자랑거리로 말하는 인간이 있다. 요즘은 바람 피운 횟수까지 콧대높게 쓰는 사람조차 많아졌다. 그러므로 도둑질이나 살인마저 자랑거리가 되고 교도소에 들어간 일로서 위세를 부리는 것까지 비약하는 것 같다.

또한 자기의 이익을 구치 않는다는 인간은 아무도 없다. 이렇듯 우리들은 사랑의 본질에서 벗어나 살고 있는 존재인 것이다.

그럼 이 '사랑' 대신 '나'가 아니고 아는 사람 누군가의 이름을 대체시켜 읽어보기로 하자. 아무리 훌륭한 인간이라도 역시 사랑 대신으로 꼭 들어맞는 사람은 없을 것이다.

하지만 한사람, 이곳에 꼭 들어맞는 분이 있다. 그것은 신의 아들 예수 그리스도이다. 그야말로 성경의 말씀처럼 〈신은 사랑이니라〉인 것이다. 그리하여 〈나는 사랑이니라〉 등등은 더욱 더 말할 수 없음을 알게 되는 것이다.

그럼 여기서 나는 앞에서 말한 바 있는 '토야마루' 사건의 두 선교사 이야기로 돌아가야겠다.

이 사람들은 왜 사람을 위해 죽을 수 있었을까? 〈나는 사랑이다〉고 할 수 없는 인간에게 왜 이와같은 사랑이 가능했던 것일까?

우리는 열렬한 연애가 한창일 때는 정사하든가 그 사람을 위해 죽을 수 있을지도 모른다. 하지만 그것은 사랑하는 상대를 위한 것이라 죽을 수 있는 것이다. 부모도 또한 내자식을 위해 죽는 일도 있으리라. 하지만 이웃집 어린이를 위해선 죽을 수 없으리라.

　그러나 저 선교사들은 생면부지인, 단지 스칠 뿐인 사람을 위해 죽을 수가 있었던 것이다. 그것은 대체 어째서일까? 나는 외국인 선교사 몇분을 알고 있다. 영국에서 온 사람이며 미국에서 온 사람을 안다. 이 사람들이 떠듬떠듬하는 일본어로, 혹은 유창한 일본어로 성경 말씀을 말할 때, 나는 깊은 감동을 느낀다. 이 사람이 어려운 일본어를 공부한 것은 왜냐? 살기 편한 고국을 떠나 부모 형제며 벗들과 헤어져 머나먼 일본에 온 것은 어째서냐? 결코 돈벌이를 위해서도 아니거니와 출세를 위해서도 아닌 것이다. 다만 그리스도의 사랑을 이 일본 사람들에게 전하고 싶어서인 것이다. 일본인의 영혼을 사랑하는 까닭에 왔던 것이다.

　이 시점에서 이미 그들은 많은 것을 바치고 있다. 고국, 부모 형제, 벗, 지위, 금전 등등. 그리스도를 위해, 그들은 이렇듯 많은 것을 바치고 있다. 과연 우리들은 고국을 버리고, 부모 형제와 헤어지고, 금전욕이나 출세욕을 깨끗이 버리고, 네팔이나 아프리카에 갈 수가 있는 것일까?

　일상의 생활에서 이와같이 많은 것을 사람에게 바치며 살 수가 있어야 비로소 목숨도 버릴 수가 있는 게 아닐까 하고 나는 생각한다. 이기주의인 우리들 인간에게 이와같은 삶의 방식을 가능케 해주는 힘이 그리스도에겐 있다. 그것은 그리스도의 사랑인 것이다. 그런 사랑을 알기 위해선 먼저 우리들은 자기가 얼마나 사랑이 없는 자인지를 분명히 깨달아야 되지 않을까?

허무라는 것

1

지난 해 어떤 지방으로 강연을 갔다. 그때 고급 주택지
에 사는 한 주부로부터 이런 이야기를 들었다.

이 근처에 사는 자기네 주부들은 70퍼센트는 충족된 생
활을 한다고 각자가 생각한다. 남편은 관리직(管理職)에
있고 월급은 15만 엔 이상이나 받고 있는 데다가 고급 주
택에 산다. 아이들도 고교를 나오고 대학에 진학할 나이
또래로서 대체로 그들의 희망대로 이루어질 것 같다. [공
부 등에 있어] 그러므로 100퍼센트 만족해도 좋을 터인데
30퍼센트가 채워지지 않는다. 공백인 것이다.

그래서 모두 모여 수다를 떨든가 쇼핑을 즐겨보기도
했다. 하지만 어느 덧 그것도 싫증이 나고 '납염' [백납과
수지를 섞은 것으로 무늬를 그려 물감에 담근 뒤 백랍을 제거하
여 그 부분만 백색으로 만듦 여성의 취미로 유행됨]을 함께 배
웠다. 처음에는 그것도 즐거웠으나 이윽고 그것도 익숙해
지자 30퍼센트의 공백을 채워주는 것은 되지 않았다.

'가마쿠라호리'(탈 목각)도 했다. 하지만 결국은 그것

도 같은 결과였다. 그러던 중 한 주부가 불장난을 시도
했다. 연애를 했던 것이다. 이 사람은 처음엔 연인에게 열
중했지만 육체 관계를 맺고 그런 생활이 일상화되고 마침
내는 타성화되었으며 끝내는 심한 허무에 빠졌다. 30퍼센
트의 공백을 메우려다가 100퍼센트의 공백이 되고 말
았다.

이상의 이야기를 들려준 것은 대학을 나온 총명하고 감
수성이 풍부한 여성이었다.

나는 그 말에 공감했다. 이는 많든적든 우리들의 생활
에도 적용되는 일이 아닌가 싶었다. 우리들은 자기의 생
활이 어떤 사람은 50퍼센트 채워져 있다 생각하고 어떤 사
람은 90퍼센트 채워져 있다 생각하며 생활한다.

하지만 나머지 50퍼센트가 채워지지 않는다. 10퍼센트
가 채워지지 않는다. 무언지 모르지만 어딘지 채워지지
않는다. 그와같은 생활을 우리들은 하고 있는 것이 아닐
까? 아니, 어디가 채워지지 않는다는 자각마저 갖지 못
하고 그럭저럭 이것이 인생이다 생각하며 살고 있는 일도
있다.

그런데 이런 몇 퍼센트인가의 '공백' '허무'라는 말은,
숫자로 고친다면 어떻게 될까? 나는 곧잘 말하는 것인데
0(제로)라는 숫자가 되는 게 아닌가 싶다.

0이라는 숫자는 웬지 무시무시하다. 1억에 0을 곱해 보
자. 0이 된다. 1조에 0을 곱해 보자. 이것도 0이 된다. 0은
우리들의 가장 소중한 생명도 인생도 모든것을 0으로 바
꾼다. 어떠한 거대한 숫자도 한 순간에 0 속에 삼켜지고,
아무리 훌륭한 업적도 또한 0속에 삼켜진다. 0은 참으로
으스스 하며 무서운 숫자라고 할 수 있지 않을까?

앞에서 말한 고급 주택가에 사는 부인들은 70퍼센트는 채워져 있다고 생각했지만 실은 30퍼센트의 공백 곧 0 속에 삼켜질 가능성을 가진, 혹은 0 속에 삼켜지고 만 생활이었을지도 모른다. 그러기에 '납염'도 '가마쿠라호리'도 결국은 허무함만으로 끝나버렸고 어떤 부인은 연애 속에서 더한층의 허무함을 느끼고 말았을지도 모른다.

이 사람들은 어쨌든 허무함의 자각이 있었다. 사는데 있어 확실히 이런 허무함의 자각, 허무에 대한 감각은 필요하고 진지하니 생각할 문제 중 하나이다.

어떤 청년은 매일 즐거워 견딜 수가 없다고 한다. 매일 퇴근시에는 볼링을 한다. 이것이 즐거움이라고 한다. 나는 물어 보았다.

"허무하다고 생각한 적은 없어요?"

"조금도!"

그는 활짝 웃었다.

이윽고 그는 어깨를 다쳤다. 좋아하는 볼링을 당분간 못한다면서 그는 극히 쓸쓸한 얼굴을 하고 있었다.

"심심해서 견딜 수 없어요. 나날이 허무해요."

나는 그것이 인생의 진상(眞相)이다, 참된 모습이라고 생각했다. 그는 허무한 인생을 볼링으로 잊고 있었던 것에 지나지 않는 것이다. 그러므로 그에게서 볼링을 제거했을 때 무엇이 남았는가? 허무함만이 남았던 것이다.

내 친구 한 사람도 젊었을 무렵 언제나 연애를 찾아다니는 사람이 있었다. 연애만이 인생이라고 말했다. 그리고 다행히 경사스럽게 결혼을 했지만, 그녀는 몇 년뒤에 생기를 잃은 얼굴을 하고 있었다. 결혼 생활은 자극이 없다면서 시시하다, 지루하다, 연애를 하고 싶다, 불타는 것만 같은 연애를 하고 싶다며 말했다. 그녀의 인생에는 연애를 제외하면 결국 허무함 이외는 아무것도 남지가 않았다는 것, 이는 앞에 말한 볼링 청년과 똑같은 것이다.

파스칼은 《팡세》에서 아래와 같이 말했다.

〈기분전환──만일 인간이 행복하다고 한다면, 성자나 신처럼 기분전환을 하는 일이 적으면 적을수록 더한층 행복했으리라. ──그렇다. 하지만 기분전환에 의해 유쾌해질 수 있다는 것은 행복한 것이 아닐까? ──아니다. 왜냐하면 기분전환은 딴 곳에서, 외부에서 온다. 그래서 그것은 의존적(依存的)이다. 때문에 피하기 어려운 고뇌를 불러 일으키는 숱한 사건에 부딪치면 갈팡질팡하기 일쑤다.〉

또한 파스칼은 이렇게도 말한다. 확실히 기분전환은 우리들의 비참한 상태를 위로는 해준다. 그러나 그것이 또한 우리들의 비참함을 최대인 것으로 만든다. 그것은 우리들의 진실한 반성을 방해하고 우리들을 자기도 모르는 사이에 멸망시키고 말기 때문이라고.

2

그런데 우리들 인간은 자기 자신을 되돌아 볼 때 자기 자신에게 실망하지 않을 수 없다.

나는 지금까지 인간이 얼마나 죄많은 자기 중심적인가? 얼마나 약하고 힘없고 지혜가 없는 변덕스런 존재인가? 그리하여 또한 인간은 얼마나 많은 일에 얽매인 자유스럽지 못한 존재이고 얼마나 사랑이 없는 존재인가를 써 왔다.

이런 약하고 추악한, 사랑이 없는 자기를 진지하게 바로 바라보았을 때, 우리들은 자기 실태의 비참성에 무언가 살아가는 것의 허무함을 느끼는 것은 당연하지 않을까? 이런 자기가 무슨 도움이 되는 것일까? 이런 자기가 이 세상에 필요한 것일까? 이런 자기가 무엇때문에 악착같이 살고 있는 것일까? 어느 날 문득 이렇게 생각하는 것은 당연하지 않을까?

진실된 인생을 걷고자 하는 인간이 허무의 무서움을 깨닫지 않을 수는 없는 일이다. 그것은 우리들 생활의 모든 것을 삼켜버리는 무서운 균열인 것이다. 그리하여 더욱 주의해야 할 일은 인생에서 허무만 보고 끝나서는 안된다는 점이다.

허무를 아는 일이 필요하다. 사실 이 세상의 실체는 허무한 것이므로. 성경에도 이 세상이 얼마나 허무함으로 넘쳐있는 것인지 철저히 씌어 있는 곳도 있다. '구약 성경' 속의 전도서이다. 이미 '길은 여기에'에서 인용했지만 다시 소개하자.

〈헛되고 헛되며 헛되고 헛되니 모든 것이 헛되도다. 사람이 해 아래서 수고하는 모든 수고가 자기에게 무엇이 유익한고.〉

〈모든 강물은 다 바다로 흐르되 바다를 채우지 못하며 만물의 피곤함을 사람이 말로 다 할 수 없나니 눈은 보아도 족함이 없고 귀는 들어도 차지 아니하는도다.〉

〈지혜가 많으면 번뇌도 많으니 지식을 더하는 자는 근심을 더하느니라.〉

〈나는 내 마음에 이르기를 자, 내가 시험적으로 너를 즐겁게 하리니 너는 낙을 누리라 하였으나, 본즉 이것도 헛되도다.〉

이 뒤에도 전도서는 모든 것이 헛된 것임을 기록한다.

술을 마셨다. 대사업을 이룩했다. 집을 짓고 포도밭을 장만하며 숲과 연못이 있는 대정원을 만들었다. 남녀의 노예를 사고 많은 소, 양, 금은 재물로 넘쳤다. 타국의 왕도 와서 무릎 꿇고 첩들도 수많이 있었다. 더욱이 자기에게는 남이 따를 수 없는 지혜도 있었다. 하지만

〈그 뒤에 본즉 내 손으로 한 모든 일과 수고한 모든 수고가 다 헛되어 바람을 잡으려는 것이며 해 아래서 무익한 것이로다.〉

하고 이 저자(솔로몬)은 한탄하고 있는 것이다.

이것을 우리들의 생활에 끌어대어 생각해 보자. 남편이 계장이 되고 과장이 되고 다시 부장이 되어 집을 지었다.

넓은 뜰도 있고 가정부도 고용했다. 저금도 늘고 재산도
늘었다.

이것은 이 세상에서 우리들이 바라고 있는 상태일지도
모른다. 그러나 우리들은 이미 예전에 알고 있다. 비록 호
사스런 외제차를 굴리고 별장을 가진 인간이라도, 우리들
이 상상하는 것만큼 행복하지 않다는 것을.

〈부자보다도 가난한 자가 더 잘 웃는다.〉
라는 세네카의 말도 있다.

나의 친지 중 꽤나 큰 회사의 사장에게 시집간 여성이
있었다. 방문하기도 꺼려지는 대문부터 현관까지 수백 미
터나 되는 넓은 저택이었다. 친구들은 그녀를 부러워
했다.

언젠가 나는 그녀를 시내에서 만났다. 손가락엔 커다란
다이아가 번쩍거렸고 첫눈에 값비싸다고 알 수 있는 '키
모노'를 입고 있었다. 하지만 그녀는 나를 보더니 눈물을
글썽거리며 말했다.

"당신은 행복해 보이네요. 나는 날마다 쓸쓸하여…….."

성경의 전도서 말씀처럼 그녀도 또한 헛됨 속에 있었던
것이다.

나는 요양소에 있었을 때 환자들의 기묘한 현상을 알
았다. 차츰 병세가 회복되고 퇴원할 날이 가까워짐에 따
라 환자들은 뭐라 말할 수 없는 우울한 표정으로 바뀌는
것이다. 개중에서 M이라는 청년은 그런 경향이 두드러
졌다.

"무슨 일이죠? 당신 요즘에 우울해 보여요."

오락실에서 만났을 때, 나는 M에게 말했다.

"아아, 우울해 견딜 수 없어요."

"왜? 이제 곧 퇴원이잖아요."

"그것이에요, 내가 우울한 것은. 나는요, 지금까지 하루라도 빨리 병이 낫고 싶다고 생각하며 그것을 목적으로 살아왔어요. 그런 목적이 달성되자 나는 무엇을 해야 좋을 지 모르게 되었어요."

"하지만 당신, 직장에 복귀할 게 아녜요."

나는 이상한 느낌이 들었다.

"나는요, 병들기 전에 은행원으로서 돈을 셈하든가 주판질을 하든가 하며 일하고 있었어요. 그렇지만 그것은 말하자면 인간 기계같은 존재였어요. 기계라도 할 수 있는 작업을 인간이 하고 있던 셈이죠. 그러니까 내가 병이 나더라도 아무도 곤란해 하지 않아요. 곧 다른 사람이 보충되고 아무런 지장없이 일은 계속되었지요."

그걸로서 좋지 않을까 하고 나는 생각했다. 자기가 병에 걸려 남에게 폐를 끼치지 않는다면 기뻐해야 할 게 아닌가 싶었다.

"그러니까요, 직장에선 내가 있든말든 아무 걱정도 없는 거예요. 즉 나의 존재 가치는 제로라는 것이지요. 존재 가치 제로의 인간이 직장에 복귀해 보아도 무의미한 게 아닙니까? 내가 쉬고 있는 동안도 은행은 번창하고 지점도 생겼지요."

그는 매우 우울한 얼굴을 하고 있었다. 요양 중엔 충실히 안정을 지키고 간호사에게도 고분고분 따랐으며 쾌활한 청년이었다. 그는 퇴원하기 전날 돌연 행방 불명이 되었다. 무엇하나 갖지 않고 산책에 나간다 해놓고서 병실을 나간 채 행방 불명이 되고 말았다.

이런 잊을 수 없는 M에 대해 나는 소설 《빙점》에서

썼다. 작은 에피소드이지만 이 부분은 의외로 반향이 컸다. 소설의 중요 인물도 아니고 스토리에 그다지 관련이 있는 인간은 아니다. 그렇건만 왜 이 청년에 관해 많은 편지가 왔던 것일까? 그것은 아마도 독자의 마음속에 있는 허무감과 일치되는 것, 공감되는 것이 있었기 때문이 아닐까?

이 청년의 허무감은 자기의 존재 가치가 제로라고 보는 데 있다. 자기는 살고는 있지만, 누구도 특별히 자기를 필요로 하지 않는다. 그것은 곧 자기는 없는 것과 마찬가지라고 그는 말하는 것이다.

그의 이런 허무감이 때때로 우리들 속에도 숨어드는 일이 있다. 우리는 매우 의좋은 부부를 알고 있었다. 옆사람의 눈에도 어느 쪽인가 죽는다면 대체 어떻게 될까 걱정될만큼 다정했다.

그런 아내가 암에 걸렸다. 남편은 날마다 병원에서 자며 아내를 간호했지만, 아내는 죽었다. 남편은 사람들의 눈도 상관않고 아내를 끌어안고서 슬피 울었다. 이런 남편의 슬픔을 나는 똑똑히 보았다.

그뒤 두 아이를 데리고서 남편이 어떻게 생활했는지 나는 모른다. 다만 오죽이나 괴로운 나날이었을까 짐작하고 있었다. 1년 뒤 나는 새로운 아내와 함께 기쁜듯이 인사하는 그와 만났다. 그의 기쁜듯이 웃는 얼굴에 나는 안도하면서도 한편 무엇인가 석연치 않은 것을 느꼈다. 그렇게도 사랑했던 아내가 없어도 그는 행복해질 수 있다. 그녀는 그에게 다시 없는 존재는 아니었던 것이다. 나는 그런 것을 생각했다.

이것은 나 자신도 경험하고 있다. 나는 요양 중 깊이 사

랑하는 연인이 있었다. 언젠가 그의 친구인 가네다 류이
찌(金田陸一)씨가 나를 병문안 와서 말했다.

"만일 어느 쪽인가 죽는다면 당신은 대체 살아갈 수 있
을까?"

이 연인은 죽었다. 1년 뒤에 미우라가 나타나고 5년 뒤
에 우리들은 결혼했다.

우리들은 서로에게 반드시 다시 없는 존재는 아닌 것
이다. 미우라나 나는 서로 사랑하고 있다고 확신한다. 하
지만 만일 내가 먼저 죽는다면 미우라는 어떻게 할까?

"함께 죽지. 두 사람은 함께 죽을 것이 뻔해."
라고 그는 말한다. 아무리 진심으로 그리 생각하고는 있
어도 나의 사후 1년 지나면 그는 아내를 맞으리라.

이렇게 생각하면, 나도 확실히 허무해진다. 문득 쓸쓸
한 심정이 되기도 한다. 그러나 이것이 인간 본연의 자세
가 아닐까? 인간의 진짜 모습이라는 것은 역시 허무한
것이다.

그렇다고 해서 우리들은 청년 M처럼 곧장 행방을 감추
는 일도 없이 살고 있는 것이다.

3

허무한 상태에도 갖가지가 있다. 실연하거나 남편에게 연인이 생기든가 하여 살아갈 의욕을 잃고 멍한 나날을 보내는 상태도 있다. 내 자식이 죽고 또는 남편이 죽어 자기도 죽은 것처럼 되는 상태도 있다. 어딘지 매일이 지루하여 술을 마시든가 '빠찡꼬'를 하든가 하며 하루하루를 보내는 일도 있다.

하지만 허무는 반드시 사람을 하나같이 무기력하게 만든다고도 할 수 없는 것이다. 앞에서 말했던 것처럼 매일 볼링이 즐거워 신나게 보내고 있으면서도 실은 허무한 인간도 있기 때문이다.

아쿠다가와 류노스께(芥川龍之介)도, 다자이 오사무〔太宰治 : 둘다 문학의 우상처럼 받들어지는 작가〕도 허무에 빠져 자살했다. 하지만 그들은 죽기까지 계속 소설을 발표하여 곁에서 보기에는 의욕적인 작가 활동을 하고 있었다.

평론가 사꼬 준이찌로(在古純 郞)씨는 이미 넷 년인가 전에 미시마 유게오〔三島由紀夫 : 자위대의 궐기를 부르짖다가 할복이라는 방법으로 자살함〕의 소설은 허무하다고 평했다. 그는 많은 소설을 발표했고 영화를 만들든가 연극을 하든가 '방패의 모임' 〔이것이 그가 만든 미니 군대〕을 만들든가 참으로 의욕적인 활동을 했다. 하지만 그의 밑바닥에 흐르는 허무감은 오래 전 작품에 나타나 있었던 것이리라.

학생 운동에 정열을 쏟고 있던 청년이 어느 날 갑자기 자살했다.

"인생은 지리하다."

그가 격렬히 운동하고 있는 모습의 어디에, 인생에 대한 권태가 있었을까?

하지만 나로선 잘 안다. 나는 요양소 시절에 본 많은 요우(療友)들이 생각난다. 어떤 사람은 언제나 큰 목소리로 웃고 항상 다른 방을 찾아와서는 의논(議論)하고 연신 문장을 쓰고 자기의 시를 복도에 게시하든가 하여 싫증을 모르는 것만 같았다. 그런 그가 언젠가 나에게 말했다.

"나는 무지무지 목이 말라 여러 컵 물을 마셔도 목이 칼칼해질 때처럼, 무엇을 하건 지루함이 뒤쫓아 오지요."

이 사람은 자살 미수를 했다.

활동을 많이 하면서 허무적이라는 것은 자극을 추구하는 생활과 비슷하다고도 하겠다. 저 아쿠다가와 류노스께가 작품 무대를 왕조 시대에서 많이 선정한 이유는 무엇이었을까? 그는 말했다.

"주제를 예술적으로 가장 강력히 표현하기 위해서는 예사롭지 않은 사건을 필요로 할지도 모른다. 그 예사롭지 않은 사건은 이상하면 이상할수록 지금의 일본에서 일어난 일로서는 쓰기가 어렵다. 소설을 자연스럽게 하기 위해 무대를 옛날에서 찾았다."고.

과연 그럴지도 모른다. 소달구지에 여인을 태우고서 불을 지르는 《지옥변》(地獄變)이라든가 굶어죽은 사람의 송장에서 옷을 벗기는 노파가 등장하는 《나생문》(羅生門) 등 오싹 전률마저 느끼는 숱한 작품을 상기할 때, 그의 말을 쉽게 긍정할 수가 있다.

그것이야 어쨌든 이상한 사건을 하나 쓰면 다음은 보다 이상한 사건을 쓰고, 그리고 또 그것 이상의 이상한 사건을 찾게되는 것이다.

결국 그것은 우리들 현대의 생활 속에서도 볼 수가 있는 것이다. 청년도 노인도, 가정에 있는 자도, 밖에서 일하는 자도 남자도 여자도, 항상 새로운 자극을 구하는 현대이다. 그것이 스피드이든가, 드릴이든가, 섹스이든가 하는 것은 서로가 아는 바이다.

현대의 젊은이는 시속 40km의 자동차에는 전혀 스피드를 느끼지 않으리라. 아니 70km, 80km라도 이제 스피드는 아니다. 100km를 넘는 스피드 조차도 과연 만족할 수 있을지. 그곳엔 순간의 드릴을 구할 뿐으로서 아무런 내용도 없다. 그곳엔 감각 밖에 없는 것이다. 친구들과 왁자지껄 떠들면서 차를 달리는 젊은이들은 결코 청춘을 즐기고 있는 것은 아니다. 살아있는 일에 심심해 하고 있는 것이다. 그런 일을 깨닫지 못할 뿐인 것이다. 그러므로 혹은 사고를 일으켜 죽을지도 모르는 스피드에 취하여 마침내는 목숨을 잃는 자가 있는 것이다.

섹스만 하여도 마찬가지다. 부부사이 만으론 시시하게 되어 달리 연인을 만들며, 그것마저 자극이 없어져 가벼이 상대를 바꾸고, 마침내는 동성을 구하고, 동성도 이윽고 싫증이 나서 마침내는 수간(獸姦)마저 시도하는 이상(異常)으로 전락한다. 이것은 이미 인간의 멸망 이외의, 아무것도 아니다. 본인은 인생을 즐기고 있다고 생각할지도 모르지만, 이는 참된 의미로서 인생을 즐기는 모습은 결코 아니다. 완전 허무의 종말이라고 말해도 좋으리라.

이렇게 생각할 때, 우리들은 자기 자신의 생활을 응시하고 자기가 허무에 빠져 있는가 그렇지 않은가를 확인해 볼 필요를 깨닫게 되는 것이 아닐까? 허무라고 자각하고 난 뒤의 생활이라면 길도 열리겠지만, 허무에 빠지면서도 그것인 줄 깨닫지 못하는 것은 팡세에 있는 것처럼 멸망할 수밖에 없는 것이다.

우리들은 자기의 사는 자세를 검토해 보자. 이 세상은 허무로 가득 차 있다. 그러므로 이 세상에 대해 허무를 느끼는 것은 오히려 당연하다. 헛된 것을 헛되다고 느끼는 일에 무서워할 것은 없다. 두려운 것은 헛된 것에 기쁨이나 사는 보람을 느끼며 그것에 푹 잠기는 일이다. 요즘 흔히 허상(虛像)이니 실상(實像)이니 하는 말을 듣지만, 허상을 실상으로 보고 실상으로 착각하는 일은 확실히 무서워 해야만 한다.

허무란 자기를 상실시키고 멸망으로 이끄는 하나의 힘이라고 하겠다. 허무에 빠지고 있는지 아닌지를 깨닫는 일은 결핵이나 암의 조기 발견 이상으로 중요한 일인 것이다.

여기서 우리들은 한 가지 주의할 필요가 있다. 그것은 되풀이 말해 온 것처럼 인간은 약한 존재라는 것이다. 따라서 자기를 똑바로 보는 일을 견디내지 못하는 것이다. 그것은 아무리 강한 사람이라도 마찬가지다.

성경에 나오는 모세라는 지도자는 영화 '십계'의 주인공으로서 그려진 영웅이기도 하지만, 그런 위대한 모세마저

"오히려 저를 단숨에 죽여 주시고 이 이상의 괴롬과 만나지 않도록 해주십시오."

라고 하나님께 빌고 있다. 그리고 성경의 인물 중에서 모세 못잖은 용자(勇者)이고 예언자였던 엘리야 또한,

"지금, 저의 목숨을 앗아가 주십시오."

라고 살기보다도 죽음을 바란 일이 있었다.

우리들은 죽음을 바랄 때가 있더라도 이런 위대한 인물들마저 죽음을 소원했던 것을 떠올려야만 할 것이다.

자기만이 약한 것이 아니다. 자기만이 괴로운 것은 아니다. 자기만이 허무한 것은 아니다. 자기만이 비참한 것은 아니다. 자기만이 죽음을 생각하고 있는 것은 아니다. 누구나 다 갖가지의 괴로움, 허무함에 빠지지 않을 수 없는 것이다. 그런 사실을 진심으로 알았을 때 우리들은

"허무 옆에 신이 있다."

하는 걸 알 수 있는 게 아닐까?

대체 우리들의 인생에 무엇이 가장 소중한 것일까? 인간에게 없어선 안 되는 것은 무엇일까? 하루하루를 필요하지도 않은 잡스런 일에 둘러싸여 정작 해야 할 일을 잊고서 살고 있지 않을까? 어느 날 우리들은 그와같이 멈추어 생각하지 않는다면 자기 모습을 모를지도 모른다.

《주부의 벗》[1971년 5월호]의 편집 후기에

"옛날엔 좋은 아내, 좋은 어머니가 되는 일이 사는 보람이라고 일컬어졌지만, 그것으로서 좋은 것일까? 어린이가 독립해 나가고 남편이 먼저 죽고난 뒤 허무함만이 남는 일이 없도록 하자면 어떻게 하면 좋은가?"

하는 독자의 말이 소개되고 있었다. 이것은 단지 여성만의 문제는 아니다.

많은 여성이 육아며 가사에 사는 보람을 갖고 있듯이

남자도 또한 일에 사는 보람을 갖고 씩씩하니 살고 있는 경우도 적지 않다. 하지만 일단 정년을 맞이하여 직장을 떠나면 한결같이 생기를 잃고 만다. '정년병'이라는 허무함에 빠지고 마는 것이다.

만일 남성이건 여성이건 누구도 빼앗지 못할 사는 보람을 갖고 있다고 한다면, 비록 자녀가 성장하여 혼자 남겨지든 정년이 되든 역시 씩씩하게 살아갈 수 있으리라. 그것은 육아가 중요하지 않다든가 직업은 아무래도 좋다는 것은 아니다. 인간으로서 참된 삶의 방식에 투철하다면 일생을 육아에 바치든 예술에 바치든 결코 헛된 것으로 끝날 까닭이 없다고 나는 말하고 싶은 것이다.

또한 건강하게 일할 수 있는 동안은 알차기만 했었는데, 병이 들고 일할 수 없게 되자 허무하게 되었다든가, 젊었을 동안은 사는 보람이 있었지만 나이먹어 허무한 것이 된다는 것도 어딘가 진정한 삶에서 벗어나 있는 게 아닐까?

그렇다면 이 허무한 세상에서 가사, 면학, 예술, 직업, 결혼, 독신, 어떠한 길을 택해도 허무해지지 않고 나갈 수 있는 길이 있을까? 있다고 나는 대답하고 싶다.

그것은 이 장(章)까지 줄곧 읽어주신 분은 내가 몇 가지의 예를 든 사람들을 상기해 주면 긍정할 수 있을 거라고 생각한다.

예를 들어 한센씨 병(나병) 때문에 팔다리도 부자유하고 눈도 보이지 않아 모든 것을 남의 손에 의지해야 하며 자기로서 할 수 있는 일은 호흡을 할 뿐이라는 그런 사람의 얼굴이 참으로 빛나고 있었다는 예를 나는 썼다. 이 사람은 어째서 허무함에 빠지지 않는 것일까?

얼마 전 나는 어떤 60을 넘은 암환자가 밤낮 세계의 평
화를 기도하고, 알고 있는 모든 사람들을 위해 기도를 바
치느라고 하루의 시간이 짧다는 이야기를 들었다.

왜 그들은 허무해지지 않는가? 그것은 누구도 그에게
서 뺏을 수가 없는 실존(實存)을 알고 있기 때문이다. 허
무를 채우는 것, 그것은 실존 밖에 없다. 실존이란 진실된
존재인 하나님이다. 영원히 실재하는 신이다. 이런 신을
믿을 때 우리는 허무를 극복할 수가 있는 것이다.

신을 믿는 자에게 죽음은 없다. 영원한 생명을 얻고 있
기 때문이다. 그럼 어떻게 우리들은 신을 믿을 수 있는
가? 신은 참으로 실재하는가? 이제 나는 실존하는 신에
대해 써볼까 한다.

하나님 아닌 신과 참된 하나님

1

나는 내가 '신'이라는 말을 비로소 입밖에 낸 것은 몇 살 때 였을까 하며 때때로 생각한다. 그리고 그때의 신 관념은 어떠한 것이었는지를 생각한다. 가장 어렸을 때 나의 신은 아마도 다정하지만 위엄이 있는, 긴 지팡이를 가진 백발 노인이 아니었나 싶다.

사람은 각각 시대에 따라, 또한 성장 과정에 따라 그가 가진 신의 관념이 다른 것은 아닐까?

이웃에는 언제나 길에 물을 뿌리고 집둘레를 깨끗이 하고 있는 사람이 있었다. 목에서 등까지 분을 바른 그 아주머니[아주머니라 부르는 게 가장 어울리는 사람이었다]는 아침이면 반드시 해를 향해 손뼉을 치며 절을 하고 있었다.

"햇님은 신이란다. 햇님이 없다면 이 세상은 캄캄하고 쌀도 채소도 먹을 수가 없지."

아주머니는 우리들 어린이에게 그와 같이 들려 주었다.

태양을 신으로 본 것은 꽤나 오랜 옛날부터인 것 같다. 또 '우뢰신'이라 하여 벼락을 신으로 삼든가 바람을 신으로 받들든가 하는 신 관념도 옛날부터 있었던 모양이다.

특히 일본에선 지금도 '야오요로즈'(八百万)의 신들이라고 할 정도로 화신·수신·뒷간신 등도 있는 모양이다.

스토브에 코푼 종이 따위를 사르면,

"화신님께 벌받는다."

고 진지한 얼굴로 꾸지람하는 사람들이 있었던 것이다. 아니, 지금도 있을지 모른다.

요즘은 각 가정에서 정월에 떡을 찌는 일도 없어졌지만, 이전엔 어느 집이든 작은 제물용 떡을 만들어 시렁에 매단 집은 물론이고 변소며 부엌에도 바쳤다.

화신·수신은 그래도 좋다. 하지만 여우를 신으로 모신 이나리(稲荷), 말을 모신 마두관세음(馬頭觀世音) [이는 신이 아닌 것 같지만], 개를 모신 신사(神社)등 여러가지이다.

확실히 일본에는 아직도 명확한 신 관념이 없다고 하겠다. 전시 중엔 천황이 신이었다. 또 전사한 사람이 모셔져 신이 되었다. 사람이 죽으면 신이 된다고 하는 극히 유치하고 애매한 신 관념의 나라에서 자란 나도, 마찬가지로 애매한 신 관념 밖에 갖지 못했다.

"밥풀을 흘리면 벌받는다."

하고 식사 때마다 어머니에게 주의를 들으면 웬지 가공할 존재가 있음을 느꼈다든가 친구들에게 백마는 신의 사자라고 듣고서 진심으로 믿었던 국민학교 시절도 있다. 나는 백마를 보게 되면 곧 달려가서 공손히 절을 하곤 했다. 내가 곧잘 말하는 것이지만, 이것이야말로 말을 공경하는 '놀랄 만한' 사실이었던 것이다.

그리고 '도리이'(島屈)만 있으면 공손히 절을 올렸고, 국민학교 5학년 때에는 30일간 우지가미[氏神 : 씨족신] 사당에 세배 참배를 한 적도 있다. 이는 전교(全校)가 총동원된 행사였지만 그럼에도 30일 개근하여 표창된 자는 적었다. 나는 그 작은 축의 하나였으므로 어딘지 신을 공경하는 마음이 있었던 것은 분명하다.

하지만 '도리이'가 있는 곳에서 머리는 반드시 숙여도 무엇이 모셔졌는지 생각한 일은 없고 30일간 '우지가미'를 참배해도 우지가미가 무엇인지 알려고도 하지 않았다.

'어떤 분이 계신지는 모르지만 황공스러움에 눈물이 쏟아진다.'

라고 생각했던 걸 보면 막연한 신 관념 밖에 없었던 것이었다. 무엇을 모시고 있는지 모르지만 고맙다 한다면, 사실은 곤란한 것이다. 또 단지 두려워하는 것만이라도 곤란한 것이 아닐까?

옛날, '스가와라 미찌자네'(菅原道眞)라는 인물이 참소로 큐슈의 다자이후[大宰府 : 고대의 관청이름, 지명이 됨. 지금의 하카다 부근]에 유배되었다. 그는 거기서 마침내 원한의 죽음을 맞았는데 그의 사후 교또(京都)에 낙뢰가 있었다. 낙뢰로 왕궁도 불탔다. 사람들은 미찌자네공을 죽였기 때문이라며 곧 신으로 받들었다. 이는 중상 모략을 한 인간이 양심에 가책을 받고 두려워한 나머지 신으로 떠받들고 말았으리라. 말하자면 뒷탈이 무서워 달래기 위해 신으로 받들었던 것이다.

우리들 중에는,

"신따위는 믿지 않는다."

라고 큰소리 치지만, "신의 벌"을 두려워하는 사람은 의외로 많은 모양이다. 신을 믿지 않는다면 신의 벌도 믿지 않아야 할 텐데, 하지만 그렇게는 되지 않는다. 신은 믿지 않지만 여자의 19세, 33세, 남자의 25세, 42세[각각 이 나이를 액년(厄年). 곧 재난이 있다는 해] 때 '우지가미'한테 액막이를 하러 가든가 하는 사람도 아직껏 많은 듯 싶은 것이다.

벌을 겁낸다는 공포심에서 태어난 신은 '텐진사마' [앞에 나온 스가와라의 별칭] 말고도 많이 있다. 저 유명한 '오이와다이묘진(岩大明神)도 텐진사마(天神樣)와 마찬가지로 오이와의 혼백을 겁내어 받들게 된 신이다. 영화나 연극을 하는 사람들 중에는 오이와[학대를 받고 죽었다는 여인]다이묘진을 참배하지 않으면 탈이 있게 된다고 믿는 사람이 많다고 들었다.

탈이 있어선 안 되므로 참배를 한다, 시줏돈을 바쳐야 한다고 한다면 신이란 폭력단과 같은 것이라고 말할 수밖에 없지 않은가?

우리들은 대체 어떠한 신을 찾아야만 하는 것일까?

2

이제 나는, 참으로 찾아야 할 신에 관해 말하기 전에 한 가지 써두고싶은 게 있다. 그것은 우리들은 과연 신을 인식할 수가 있는가 하는 문제에 관해서이다.

"나는 무신론자이지요. 전혀 신 따위는 믿지를 않지요."

하는 사람은 상당히 많다. 나자신도 일찍이 그와같은 것을 생각했고 말하든가 했다.

나의 입신(入信)에 대한 과정은 '길은 여기에'에서 자세히 썼으니까 여기선 별로 언급하지 않지만, 나는 허무적이고 게다가 심하게 기독교를 싫어 했다. 크리스찬이라 일컫는 무리를 심하게 혐오했다.

"죽어도 크리스찬은 되지 않는다."

고 장담하기 조차 하고 있었다. 하지만 어느 때,

"당신의 무신론이란 대체 어떠한 것인지 들려주시지 않겠습니까?"

하는 말을 듣고 말문이 꽉 막히고 말았다. 무신론이니 하며 자못 하나의 논리를 갖고 있는 것 같으면서도 나로선 아무런 내용도 없었던 것이다. 단지 신같은 것은 믿어지지 않는다 할 정도의 것이었다.

그래서 나도 또한 무신론자라고 일컫는 사람에게, 옛날

에 내가 질문받은 것처럼 물어보는 일이 있다. 그 결과는 지난 날의 나와 대동소이해 특별한 이론같은 것을 갖지 못한 무신론자가 많은 것이다. 게다가 신사의 부적이나 교통 안전의 '예방' 따위를 자동차에 매달아 두는 무신론자도 있다. 신을 진심으로 찾은 결과 무신론자가 된 것이 아니고 다만 막연히 신은 없다고 말할 정도의 무신론자가 많은 것이다.

"자기 눈으로 보든가, 자기 귀로 듣든가 할 수가 없는 신을 믿다니 비과학적이다."

라는 말도 듣는다. 나도 일찍이 같은 말을 하고 있었다. 우리들은 과학이라면 믿는다. 그러나 신은 좀처럼 믿지 않는다.

홋까이도에서 '무디 과학원'의 과학 영화가 텔레비전에서 상영되었다. 나는 매번 이 시간에는 이웃집에 사는 동생의 텔레비전을 보았다. 참으로 재미있는 프로로서, 나는 이것을 통해 갖가지 놀랄 만한 사실을 알았다.

예를 들어 우리들 인간의 귀는 어느 한도를 넘은, 이를테면 천둥소리 이상의 큰 소리는 들리지 않는다는 것을 알았다. 너무나도 작은 소리, 낮은 소리는 들리지 않는다는 것은 굳이 이런 과학 영화를 보지 않아도 아는 일이지만 너무 큰 소리도 들리지 않는다는 것은 부끄러운 이야기지만 전혀 몰랐다.

또 텔레비전에선 한 남자가 초음파의 피리를 불었다. 인간에겐 들리지 않는다. 텔레비전을 보고 있는 우리들도 아무 소리가 들리지 않았다. 그런데 한마리의 개가 멀리서부터 그 소리를 듣고 달려왔던 것이다.

나는 그것을 보고 인간의 귀에 들리는 범위가 얼마나

좁은가를 확실히 깨달았다. 아무리 큰 소리가 귓가에서 들려도, 초음파의 소리가 들려도 우리들 인간에겐 아무것도 들리지 않는 경우가 있는 것이다. 만일 이런 것을 개가 보았다면, 인간이란 얼마나 어리석은가 하며 웃을 것이 분명하다.

텔레비전에선 하나의 장치에서 큰 소리를 내고, 얇은 코르크를 핀셋으로 집어 장치 아래의 공간에 놓았다. 그랬더니 코르크는 공중에서 정지되었다. 그 큰 소리가 물체를 흡인하는 것인지 혹은 테이블에 반향되어 들어 올려지는지 어쨌든 그 소리는 물체를 공중에 떠있게 할 만한 힘을 갖고 있는 것이다. 위에서 아래로 같은 간격으로 놓여진 다섯개의 코르크를 바라보면서 나는 감탄했다. 그만큼 힘있는 소리가 우리들 인간의 귀에는 들리지 않는다는 것에 나는 새삼 인간의 한계를 느꼈다.

참고삼아 써보자. 인간은 10킬로사이클에서 20킬로사이클 까지의 음파를 식별할 수 있다는데 개는 25킬로사이클, 박쥐는 80킬로사이클, 돌고래는 120킬로사이클까지 구별해서 들을 수가 있다고 한다.

이처럼 인간의 청력(聽力)의 한계는 후각, 시각도 마찬가지로 말할 수가 있으리라. 우리들의 눈은 미세한 것, 너무나도 가까운 것, 너무나도 먼 것은 보지 못한다. 또 누구나 다 알고 있듯이 프로펠러나 선풍기의 날개처럼 너무나 빨리 움직이는 물체도 분명히 거기에 있건만 볼 수가 없다.

만일 무지무지 큰 목소리로 우리들에게 말하고 맹렬히 재빠르게 움직이는 무언지가 눈앞에 있다 하여도 우리들은 아마 그 존재를 깨닫지 못할 것이 틀림없다.

이러한 인간의 한계는 5관의 능력은 물론이고 두뇌 활동에도 당연히 있을 터이다. 그렇다면 "자기의 귀로 듣고 눈으로 보지않는 것은 믿어지지 않는다."고 하는 것은 그것 자체가 이미 우스꽝스런 이야기라고 할 수 있으리라. 우리들의 눈이 모든 것을 완전히 볼 수가 있다면, 온갖 미세한 것까지도 볼 것이다. 손이나 손가락에서 움싯거리는 숱한 세균이나 비루스, 공중에 날아다니는 징그러운 세균 모두가 보일 것이다. 만일 그렇게 된다면 인간은 노이로제에 걸릴 것이 분명하다. 두 사람이 마주 앉아 있어도 숱한 균에 가로 막혀 서로의 얼굴을 볼 수가 없을지도 모른다. 인간이 갖는 능력에 한계가 있음은 인간이 생활을 하는데 필요한 것이라고도 할 수가 있으리라.

어쨌든 이 과학 영화에선 실로 갖가지의 주제로 갖가지의 사상(事象)을 주마다 보여 주었다.

어느 때는 어떤 황량한 사막이 .실은 눈에 보이지 않을 만큼의 작은 꽃으로 파묻혀 있고 그와같은 작은 꽃은 색채도 다채롭고 모양도 다양한 꽃이라는 게 제시되었다.

또 어떤 때는 벌의 생태를 소개하며 벌에게도 동료에게 전할 수 있는 말이 있고 자기가 발견한 꿀이 어느 방향, 몇 km의 곳에 얼마 만큼의 양이 있는지를 정확히 알린다는 사실이 비쳐졌다.

또 어떤 때는 우리들 인간의 적혈구는 어떠한 모양을 하고 있는 게 이상적인지, 많은 수학자가 전자계산기를 사용하여 며칠이나 계산하여 만들어진 결과가 실은 인간 고유인 적혈구의 구성과 같다는 보고도 있었다. 그러니까 인간 중에서도 최고의 두뇌를 가진 학자들이 부지런히 며칠씩 걸려가며 전자계산기로 계산하여 가까스로 아는 일을, 우리들의 몸을 만든 창조주는 예전에 알고 계셨다는 것이 된다. 물론 고등 수학이나 전자계산기 등을 사용하지 않고서. 그것은 곧 그것 이상의 훨씬 높은 지혜를 갖고 계시다는 것이다.

이렇듯 인간이란 시력도, 청력도, 또 모든 능력도 한정된 존재인 것이다. 그러므로 자기 눈으로 보고 귀로 듣는 것 밖에 인정하지 않는다는 것 자체가 넌센스인 것이다.

첫째, 우리들은 신을 인식할 수 없을 만큼 불완전한 존재이다. 그러므로 신은 인정되어야 할 존재는 아니고 인식의 대상도 아니며 신앙의 대상인 것이다.

눈앞에 있는 컵을 보고서

"이는 컵이라고 믿습니다."

라고는 아무도 말하지 않는다. 그것은 컵이라고 인정할 뿐인 것이다. 믿는다는 것은 아직 보고 있지 않은 대상에 대해 써야만 하는 일이 아닐까?

"신은 있는지 없는지 모르지(인정되지 않는다)만 신은 있다고 믿는다."

이것이 믿는다는 것이리라.

우리들은 결혼의 상대를 고를 때 상대를 성실한 사람이라 '믿고서' 행복하게 해줄 게 틀림없다. '믿고서' 결심했을 게 틀림없다. 상대편이 진짜로 평생 변함없는 성실한 사람인지, 정말로 행복하게 해줄 사람인지 모르지만 '믿고서' 결혼했을 터이다.

신도 또한 결코 현재의 과학으로선(아마 장래의 과학이라도) 인정되지 않는 존재이다. 저 대과학자 아인쉬타인도 뉴우튼도 기독교 신자이긴 했지만, 그들은 과학으로 신을 인정했던 게 아니고 신앙으로 신을 믿었던 것이다.

과학이 신앙에 도움은 되었다고 하여도 과학으로 신을 인식한 것은 결코 아닌 것이다.

위대한 과학자일수록 신을 믿는다고 예로부터 일컬어지고 있지만, 그것은 과학을 규명함에 따라 인간의 유한성(有限性)을 알고 인간으로선 알 수 없는 세계가 많음을 알기 때문이리라.

군말같지만 인간은 교만해서는 안 된다. 인류는 확실히 그 가진 바 지혜로 달세계까지 도착할 수 있었을지도 모른다. 그러나 이 끝없는 대우주의 광활함을 생각하면, 태평양을 건너는데 발을 반걸음 바다에 들여놓았을 만큼도 미치지 못하는 것이다. 말하자면,

"아무것도 모른다."

는 존재라는 것이다. 우리들 인간은 어디까지나 겸손히 자기를 돌이켜 보아야 한다.

3

그럼 우리들 성경이 제시하고 있는 하나님이란 어떠한 하나님인가, 다음에 설명할까 한다.

〈태초에 하나님이 천지를 창조하시니라〉

성경 첫머리에 씌어져 있는 것은 이 말씀이다. 이 천지, 인간을 창조한 것이 하나님이라는 것이다.

일본 드라이크리닝의 창시자 이즈가라시 겐지(五十嵐健治)씨는 19세 때 처음으로 펼친 성경 첫머리에서 이 말씀을 읽고,

"아아, 이 천지를 만드신 분이 하나님이셨구나. 내 자신 또한 하나님이 만드셨구나."

하고 감동하여 눈물이 하염없이 흘렀다고 한다. 그런 이야기를 듣고 나도 또한 감동받았다. 나는 지금까지 몇 번이나 이 말씀을 성경에서 읽었지만 눈물로 젖은 일은 한 번도 없었다.

(그런가, 하나님이 천지를 만드셨던가.)

하고 생각했을 뿐이었다.

깊은 바다에 사는 고기는 눈이 퇴화된 것이 있다고도 한다. 눈은 사용하지 않으면 퇴화되는 것이다. 마찬가지로 영적인 눈을 사용하지 않는다면 퇴화되어 장님이 되고 만다. 나는 이즈가라시 겐지 씨의 이런 감동을 듣고서 스

스로 반성하고 그렇게 생각했다.

우리들이 만일 희한한 성과 같은 건축물을 보고 이것을 만든 것은 이 사람입니다 하며 누군가가 소개된다면 어떨까?

"호오, 이 분이 이 놀라운 건축물을 만들었어요?"
하며 새삼 놀라고 감탄할 게 틀림없다. 또한 영원히 남을 만한 희한한 명화를 보고 있는데 이것은 이 분이 그린 것이라고 소개된다면, 우리들은 역시 상당히 감격할 것이 분명하다.

이즈가라시 겐지 씨는 일본의 아름다운 산하를 날마다 감동하며 바라보고 있었을 때 이 천지를 만드신 분이 하나님이라고 깨닫고서 말할 수 없는 감격을 느꼈던 것이리라. 그리하여 인간도 또한 하나님의 창조임을 알았을 때 더욱 순순히 믿을 수가 있었던 것이리라.

하나님이 이 천지를 만드셨다는 것은 하나님은 곧 전능하고 창조주라는 것으로서 성경이 나타내는 기본적 신 관념이라고도 하겠다. 요한이 쓴 복음서 제1장에도 유명한,

〈태초에 말씀이 계시니라.〉
라는 표현이 있다. 계속해서

〈이 말씀이 하나님과 함께 계셨으니 이 말씀은 곧 하나님이시니라. 그가 태초에 하나님과 함께 계셨고, 만물이 그로 말미암아 지은 바 되었으니 지은 것이 하나도 그가 없이는 된 것이 없느니라.〉
라고 있다. 말은 의지, 사상, 힘, 진리 등의 뜻을 품고 있으며 원어(原語)인 '로고스'의 번역이다. 이 말을 번역하는데 꽤 고심했다고 전해지고 있는데 이 성구도 역시 하나님이 하나님 뜻대로 만물을 창조하셨음을 나타낸다. 2

천 년에 걸쳐 기독교 신자들은 이런 천지 창조의 신을 믿어오고 있는 셈이다.

다음에 신은 거룩한 분이다.

〈우리의 하나님, 주님은 거룩하시다.〉

하는 말은 성경 곳곳에 씌어져 있다.

자기들이 믿는 신이 거룩하다는 것은 중대한 일이다. 인간이 죽어 신으로 받들어진 정도로선 결코 거룩하다고는 말할 수 없으리라. 비록 아무리 품행 단정한 사람이 죽더라도 나로서는 거룩한 신이 된다고는 생각되지 않는다. 이 점에 관해서는 인간이 얼마나 약하고 추악하고 잘못을 저지르기 쉬운 자인가를 되풀이 써왔기에 이해하셨으리라 생각한다.

거룩하신 신은 또한 의로운(정의의) 신이기도 하다.

〈주께서 주의 말씀에 의롭다 함을 얻으시고……〉

모든 인간은 하나님 앞에서 의롭다 할 수 없다.

〈이제는 율법 외에 하나님의 한 의가 나타났으니 율법과 선지자들에게 증거를 받은 것이라. 곧 예수 그리스도를 믿음으로 말미암아 모든 믿는 자에게 미치는 하나님의 의는 차별이 없느니라.〉

하는 것처럼 로마서의 제3장에만도 신의 의로움, 하나님 앞의 의로움이라는 것이 여러 차례 나온다.

신의 정의라는 것은 우리들 인간에게 감사스런 일이지만 무서운 일이기도 하다. 왜냐하면 우리들이 의롭다고 할 수 없는 존재이기 때문이다. 우리들은 완전무결하게 올바른 분 앞에 나가면 어떤 느낌이 들까? 자기의 추악함을 뚜렷이 알아 얼굴을 들 수 없을 게 틀림없다.

그런데 하나님이 단지 정의로움 뿐이라면, 비록 하나님

의 존재를 믿을 수 있다 하여도 그것은 멀고 차가운 존재
밖에 되지 않으리라.

대체 거룩하고도 의로운 전능의 하나님은 비소(卑小)한
인간을 어떻게 보고 계실까?

"우리들 인간은 신이 아니니까요. 그야 잘못하는 일도
있지요."

하고 흔히 사람은 말하지만, 이 말은 신의 완전과 동시에
인간성도 잘 맞추는 말이다. 확실히 인간은 신과는 비교
할 수도 없는 작고 약한 존재이다. 이와같이 약한 우리들
인간을 대체 하나님은 어떻게 보고 계실까?

고마운 일로서 성경은 이 거룩하고도 의로운 하나님이
동시에 사랑이신 하나님이고 용서의 하나님임을 우리들에
게 제시해 준다. 그런 하나님의 사랑을, 예수는 성경의 누
가 복음 제15장에서 하나의 비유로써 가르치고 계시다.

이 비유는 "방탕한 아들의 이야기"로서 유명하고 '아
쿠다가와 룍노스께'는 이를 단편소설의 걸작이라고 격찬
했다. 그러나 예수는 물론 소설가가 아니었다. 늘 사람들
에게 알기 쉽도록 비유하며 말씀하셨던 것이다.

〈어떤 사람에게 두 아들이 있었다. 그런데 둘째 아들이
어느 날 아버지에게 말했다.

"아버지의 재산 중에서 내 몫을 주십시오."

그래서 아버지는 재산을 두 아들에게 나눠 주었다. 그
리고 며칠도 지나기 전에 둘째 아들은 자기 재산을 선부
환금하여 갖고 집을 떠났다.

그리고 자기가 원하는 먼 고장에 가서 방탕한 생활을
했고 돈을 물쓰듯이 하며 다 써버렸다. 무일푼이 되었을
무렵 그 지방에 심한 흉년이 들었다. 그는 마침내 끼니도

잇지 못할 만큼 몰락했다.

할수없이 남에게 고용되어 돼지 치는 일을 했다. 그는 너무도 배가 고픈 나머지 돼지먹이로 굶주림을 채우려고 했지만 누구하나 불쌍히 여기는 자도 없었다.

밑바닥 생활로 떨어지고서야 그는 자기자신을 반성하며 말했다.

"아버지의 집에는 먹을 것이 남아도는 고용인도 많은데 나는 여기서 굶어죽을 판이다. 그렇다, 아버지 집에 돌아가서 이렇게 말하자. 아버지, 저는 하늘에도 아버지 한테도 죄를 졌습니다. 이제 아버지의 아들이라고 불릴 자격도 없습니다. 부디 저를 머슴의 한 사람으로 취급해 주십시오라고."

그는 일어나서 무거운 발을 끌며 아버지의 집으로 돌아갔다. 그런데 아버지는 아직 멀리 떨어져 있는 거리이건만 아들의 모습을 알아 보았다. 가엾게 생각한 아버지는 달려가서 그 목을 꼭 끌어안고 볼에 입을 맞추었다. 아들은 공손히 말했다.

"아버지, 저는 하늘에도 아버지한테도 죄를 지고 말았어요. 이미 아들이라고 불릴 자격이 없습니다."

그러나 아버지는 크게 기뻐하며 하인들에게 일렀다.

"자아, 빨리 제일 좋은 옷을 가져다가 이 아이에게 입히도록 하라. 손가락엔 반지를 끼워 줘라. 그리고 새 신을 가져다가 신겨라. 그렇지, 제일 살찐 송아지를 잡자. 모두들 즐거운 잔치를 열자구나. 아무튼 이 아들은 죽었다가 다시 살아난 것이다. 잃었던 자식을 다시 얻은 것이다. 경사스런 일이 아니겠니 !"

이리하여 음악이며 춤이 벌어지는 가운데 잔치가 시작

되었다.〉

　이야기는 그뒤에도 조금 계속되지만, 이 아버지는 말할 것도 없이 하나님의 모습이다. 우리들의 하나님은 이렇듯 자비로운 사랑의 신인 것이다. 단 한 번도,

　"무슨 낯으로 돌아왔는가?"

　"나눠준 재산은 대체 무엇에 썼느냐? 네 형을 보라. 형은 열심히 일하고 있지 않느냐!"

하고 책망하지 않았다.

　어떠한 죄를 져도 일단 회개하여 신의 품으로 돌아온다면 신은 책하기는 커녕 크게 기뻐하며 받아주시는 것이다. 우리들이 도둑질을 하여도 간음을 하더라도 남에게 상처를 입혀도 살인을 범하더라도 어쨌든 진심으로 회개한다면 신은 두 손을 크게 벌리며 그 품안에 맞아주시는 것이다.

　우리들 인간은 누구이던간에 하나님에게 용서를 비는 일은 절대로 없을 거라고 결코 말할 수 없는 존재다. 비록 소위 큰 죄는 범하지 않더라도 우리들은 반드시 남의 마음에 상처를 주든가 미워하든가 괴롭히든가 하여 어떤 죄든 죄를 짓고 있다. 그리고 어떠한 죄이든 신 앞에서 감출 수는 없다. 그러나 어떠한 죄라도 신은 용서할 수가 있는 것이다. 우리들은 이런 신에게로 돌아가야 비로소 참된 평안을 얻을 수가 있는 것이다.

　이상 나는 신에 관해 몇 가지를 썼다. 또한 신의 의로움이며 거룩함이며 사랑에 관해서도 얼마쯤 설명했다. 그러나 그것은 극히 일부분이다. 나는 이와 같은 신의 존재, 신성(神性)은 그리스도에 의해 계시되고 있음을 여기서 다시 말하지 않으면 안 된다. 하나님의 거룩함도 의로움도

사랑도 그리스도를 통해 인류에게 여실히 나타났던 것이다.

앞에서 말한대로 하나님은 인간의 지혜를 훨씬 초월한 존재이고 도저히 인식할 수 없는 존재이다. 그리하여 또한 어떻게 믿으면 좋은지 그것도 모르는 게 인간이다. 하지만 하나님 쪽에서 그리스도에 의해 길을 열어주셨다.

예수의 제자 하나는 하나님을 보여달라고 예수에게 요구했다. 예수는 말했다.

〈나를 보는 자는 나를 보내신 이를 보는 것이니라.〉

이것에 관해서도 회를 거듭하여 써볼까 한다.

하나님과 그리스도와 인간의 관계

1

내가 성경을 읽기 시작하면서 무엇이 가장 이해하기 어려웠는가, 아니 믿어지지 않았는가 하면 예수가 하나님 아들이라는 것이었다.

"예수도 인간이 아닌가? 여자 몸에서 태어난 인간에 지나지 않지 않는가."

나는 예수가 하나님의 아들이라고 주장할 적마다 이렇게 생각하고, 반발했다. 하나님이 있는가, 있지 않는가 뿐이라면 있다고 믿어도 좋았다. 바르고 거룩하고 전지전능하시고 그리고 사랑의 하나님을 믿는 일이라면 할 수 있게 되었다. 하지만 그러한 상태가 되어도 예수가 하나님 아들이라는 것은 믿을 수 없었다.

흔히 성경 속의 기적이 믿어지시 않는다는 사람이 있다. 예를 들어 예수가 처녀 마리아에서 태어났다든가, 장님의 눈을 뜨게 했다든가, 바다 위를 걸었다든가, 십자가 위에서 죽고서 사흘만에 부활했다든가 하는 기적은 믿어지지 않는다고 한다. 나는 하나님을 믿는다는 것은 그

전지 전능을 믿는 거라고 생각한다. 그러니까 기적이 일어나도 이상할 게 없다고 생각한다. 다만 예수가 왜 하나님의 아들인가, 그 점이 아무래도 석연치 않아 믿어지지 않았다. 나는 구도(求道)하기 시작하고서 세례를 받기까지 3년 걸렸다. 3년이나 걸린 그 큰 이유는 예수가 하나님 아들인지 어떤지를 이해하지 못하는데 있었다.

그렇지만 성경에는,

〈그럼, 당신은 하나님의 아들인가?〉

하는 어떤 사람의 물음에 대해,

〈당신의 말 그대로이다.〉

고 명확히 대답하신 예수의 말이 기록되고 있다.

나는, 당시엔 지금보다 열심히 성경을 읽었고 격렬히 신을 찾고 있었다. 그러므로 참고서 등도 참조하여 읽었는데 이런 부분을 읽을 때 생각하지 않을 수 없었다.

앞에서도 썼던 것처럼 우리들이 자란 일본이라는 정신적 풍토에서 신은 애매하기 짝이 없다. 사람이 죽으면 신으로 떠받들어지든가 여우까지도 신으로 모신다. 그리하여,

"저 사람은 살아있는 신이다."

는 말을 거리낌 없이 사용한다.

하지만 유대 나라에선 입이 찢어져도 인간을 신이라고는 말하지 않는다. 유대인에게 있어 크나큰 법률이었던 모세의 '십계'에는 이렇게 씌어 있다.

〈나외에 다른 신을 섬기지 말라.〉

그것 뿐이 아니다.

〈너는 너의 하나님 여호와의 이름을 망령되이 일컫지 말라. 나 여호와는 나의 이름을 망령되이 일컫는 자를

죄없다 하지 아니하리라. 〉

라고도 정해져 있다. 그리하여 이 성스런 계율을 엄격히
지키고 있던 유대인들은 만의 하나라도,

"자기는 신의 아들이다."

라고는 결코 말하지 않았다. 말하면 즉시 사람들의 분노
를 사고 사형이 되는 것이었다. 사실 예수도,

"나는 하나님의 아들 그리스도이다."

고 했기 때문에 독신자로서 십자가에 못박혔던 것이다.
그 제자인 스데반이란 사람도,

〈예수께서 하나님 우편(右便)에 서 계시다. 〉

고 했기 때문에 군중은 그에게 달려 들었고 돌에 맞아 죽
었다는 것이 성경에 나와 있다. '하나님의 우편'이란 하나
님과 하나라는 의미로서, 신과 사람을 혼동하는 듯한 말
은 유대인으로서 참을 수 없었던 것이다. 따라서 제자가
그 스승 예수를 '하나님의 아들'이라 하는 것도, 예수 자
신이 자기가 '하나님의 아들'이라고 선언하는 것도 그것
은 즉각 죽음을 의미하는 중대하고도 주목할 말이었던 셈
이었다.

  물론 그것은 일본인의 감정으로선 이해할 수 없는 경지
일 테지만, 전시 중의 일을 아울러 생각한다면 이해가 갈
것이다. 만일 누군가 저 전시 중에,

"나는 천황이다."

라고 했다면 그 사람은 사형이 되든가 정신병자 취급을
당했으리라. 유대인은 그것보다도 더욱 더 엄한 규율로
하나님과 사람을 구별하고 있었던 셈이었다.

  이와같은 상황 속에서,

"나는 하나님 여호와의 아들이다."

라고 외치신 예수의 말씀은 극히 중대한 말씀으로 나는 받아들이지 않을 수 없었던 것이다. 또한 이와같은 유대 사회에서 제자들이 예수를 하나님의 아들로서 믿고 사람들에게 말하며 전해 나간 일이 얼마나 쉽지 않은 것인지도 생각하잖을 수 없었다. 성경에는 대박해가 일어나고 집집마다 남자나 여자가 끌려나와 투옥된 일이 씌어져 있다.

이만큼 목숨을 건,

〈예수는 하나님의 아들이다.〉

하는 말을 나는 가볍게 읽고 넘어가도 되는 것일까 생각했다. 나는 그렇게 생각하고 더욱 주의 깊게 성경을 읽게 되었다. 그러자 예수의 인격(인성)을 조금씩 알게 되었다. 과거 2천년 역사 동안 온세계 사람들이 예수를 믿고 또한 공경하지 않을 수 없었던 그 인성을 알게 되었던 것이다.

우선 첫째로 예수는 어린이를 사랑하고 존중하는 분이었다. 성경에 다음과 같은 기사가 보인다.

〈사람들이 예수의 만져주심을 바라고 어린 아이들을 데리고 오매 제자들이 꾸짖거늘,

예수께서 보시고 분히 여겨 이르시되 어린 아이들이 내게 오는 것을 용납하고 금하지 말라. 하나님의 나라가 이런 자의 것이니라.

내가 진실로 너희에게 이르노니 누구든지 하나님의 나라를 어린 아이와 같이 받들지 않는 자는 결단코 들어가지 못하리라 하시고,

그 어린 아이들을 안고 저희 위에 안수(按手) 하시고 축복하시니라〉(막10 : 13~16)

이것을 읽고 우리들은 부끄러움을 느끼지 않을 수 없다. 위대한 사람의 곁으로 만일 유아가 아장아장 걸어갔다고 하자. 우리들은 황공해 하며 곧 어린이를 안고서 물러난다. 교회에서도 그러하다. 설교가 한창일 때 큰소리를 내든가 하면 우리들은 곧 신경이 쓰이고 어린이를 밖에 내보내는 편이 좋을 텐데 하며 속으로 생각하기 싶다. 아마 성경의 기사 경우도 예수가 중요한 이야기를 사람들에게 하실 때 어린 아이를 데려온 어버이가 있었으리라.

"아, 안돼, 안돼. 지금 선생님께서 중요한 말씀을 하시는 중인데, 여기는 아이가 올 곳이 아니오."

제자는 그렇게 말했을 것이 틀림없다.

물론 어린이는 바른 예절로 길러져야만 한다. 그러나 문제는 그것 이전에 있다. 대체적으로 인간은 작은 사람, 약한 사람, 능력이 뒤진 사람은 멸시한다. 그러니까 어린이들은 어른의 편리상 자주 부당히 방해자 취급을 받게 되는 것이다. 어린이를 바르게 존중하는 일은 인간에게 매우 곤란한 것의 하나이리라. 자기 아이는 엄청나게 귀여워하는 여성이라도 이웃의 아이가 놀러가면 노골적으로 싫어하는 빛을 나타내는 사람이 있다.

"아줌마."

하고 천진난만하게 말을 걸고 있건만 성낸 얼굴로 모른 척 하며 뜰 따위를 쓸고있는 사람을 본 적이 있다. 혹은,

"서런 집의 아이와 놀아선 안돼."

하며 자기의 아이는 귀엽지만 남의 아이는 방해가 된다는 심술궂은 마음이 어른의 마음 속에는 숨어 있는 것이다.

그런데 예수는 어린이를 거부한 제자들을 보고서 '분히

여기셨다.'고 한다.

우리들은 다른 집 아이를 위해 분노하는 일은 극히 적다. 유괴범에게 어린이가 죽음을 당했을 때 등은 그런 범인에 대해 분노한다. 또한 어버이가 어린 자식을 땅에 내던져 죽였다고 들었을 때는 그 어버이를 짐승과 같다고 분격한다. 그러나 어린이의 마음에 아픔을 주는 듯한 갖가지 일에는 극히 둔감하고 좀처럼 분노하지 않는다. 그뿐인가 스스로 태연하게스리 아픔을 주고 있는 것이다. 그리고 그런 것조차 깨닫지도 못하고 있다. 그리고 낙태만 해도 가장 어린 생명을 죽이고마는 무서운 일이지만 현대에선 아무런 죄악감도 느끼지 않고 일본은 '낙태 천국'이니 하는 호칭이 주어진 나라가 되고 말았다.

어쨌든 나는 제지된 어린이를 위해 예수가 제자를 분히 여긴 노여움과 우리들의 노여움 사이에 하늘과 땅만큼이나 차이를 느낀다.

예수는 어린이가 존중되고 있지 않음을 슬퍼하며 분노하셨다. 어린이가 멸시되고 방해자 취급받고 있음을 분노하셨다. 이 점에 예수의 깊은 통찰과 사랑이 있다. 아직 아장아장 걷는, 혀도 제대로 돌지 않는 어린이를 하나의 인격으로서 이만큼 바르게 다룬 분이 있는 것일까? 더욱이

〈하나님의 나라가 이런 자의 것이니라.〉

고 어린이를 찬양하셨다. 이 말씀에도 깊은 의미가 있지만, 이런 식으로 어린이를 존중한 예수의 마음을 우리들은 얼마만큼 받아들일 수 있을까?

"이곳에 데려오지 말라."

고 그 부모를 나무란 제자들은 아마도 얼굴을 붉혔을 것

이 틀림없다. 반대로 부모들은 얼마나 감동했을까. 상상
만 해도 알 수 있을 것 같다.

2

또 어느 때 앞을 못보는 거지가 길가에 앉아 있었다. 그곳에 예수가 지나가셨다. 거지는 그것을 듣고,

〈다윗의 자손 예수여 나를 불쌍히 여기소서.〉

하고 외쳤다. 군중은

"시끄럽다, 잠자코 있어!"

하며 얕잡아보고 꾸짖었다. 그런데 예수는 그를 부르고 눈을 뜨게 해주시고

〈네 믿음이 너를 구원하였느니라.〉

고 말씀하셨다. (막10 : 46~52)

이런 기사를 성경에서 읽을 적마다 나는 여기서도 예수의 깊은 사랑에 감동하지 않을 수 없다. 솔직히 말해서 우리들이

"××선생, 저를 불쌍히 여기십시오."

라는 등 길가에서 거지가 큰소리로 불러 세우기라도 했다면 어떻게 할까? 움칫하며 멈춰 서고 당황하며 황급히 군중 속에 몸을 감출 것이 분명하다. 그리고 집에 돌아가

"오늘은 아주 부끄러웠어요. 거지가 여러 사람 앞에서 이름을 불렀지 뭐예요!"

등등 호들갑스럽게 눈썹을 찌푸리게 되리라. 나도 요양 중, 그런대로 아직 건들건들 걸을 수 있는 무렵이었다. 전

차 안에서 옛친구를 만나 반가워서 말을 걸었다. 그랬더
니 그녀는 이튿날 직장에서,

　"부끄러웠어."

라고 말했던 모양이다. 같은 직장에 있던 내 제자가 분개
하며 곧 나에게 알려준 일이 있었다. 그렇다고 내가 거지
와 같은 복장을 하고 있었던 것은 아니다. 다만 그리움에
그만,

　"A상."

하고 큰 목소리로 이름을 불렀을 뿐인 것이다. 하지만 군
중속에서 큰소리로 자기 이름이 불렸던 것만으로도 인간
이란 자는 창피하게 생각하고 귀찮게 여기는 것이다. 하
물며 거지에게 이름을 불리고,

　"불쌍히 여기소서."

라는 말을 들었다면, 대개의 인간은 어물어물 모습을 감
추는 게 보통이다.

　다만 이것이 현세적으로 지위가 있는 총리대신(수상)이
라든가 지사라든가 혹은 사장이나 또는 유명한 스타 등에
게,

　"××씨, 오랫만입니다. 안녕하십니까? 언제나 신세를
　지고 있습니다."

라고 다수 가운데 듣는다면 어떨까? 가족에게는 물론이
고 친구, 친지 누구할 것 없이 자랑스럽다는 듯이 떠벌릴
것이 틀림없다.

　그런데 예수는 이 거지를 부르고,

　〈네게 무엇을 하여 주기를 원하느냐.〉

하고 친절히 말을 거셨다. 그리고 '선생님이여, 보기를 원
하나이다.'는 부탁을 받고 눈을 뜨게 해주셨다.

〈네 믿음이 너를 구원하였느니라.〉

고 하신 것은 곧,

"당신은 큰 목소리로 외치며 구했다. 그런 신앙이 당신
의 눈을 뜨게 했던 것이다."

고 칭찬하신 말씀인 것이다.

"어떠냐, 나는 네 눈을 뜨게 해준 것이다. 용하지?"

따위는 물론 말씀하시지 않았고 이 거지의 신앙을 군중
앞에서 칭찬하셨던 것이었다.

"잠자코 물러나 있어!"

하고 사람들한테 꾸짖음을 받은 거지가 눈을 뜨고 예수
에게 칭찬받은 감격은 어떠한 것이었을까!

어린이나 이 거지를 예수는 다른 사람들과 다름없이 대
등하게 취급했다. 약한 사람, 남에게 평소 천대받고 있던
자가 대등하게 취급받았다고 하는, 참으로 당연한 이런
취급만큼 기뻤던 일은 없었던 게 아닐까? 왜냐하면 우리
들은 어떠한 사람이나 대등하게 대하는 것을 금방 잊어버
리는 비정함을 갖고서 평소 살고 있는 자이기 때문이다.

다시 성경에는 다음과 같은 것도 씌어져 있다. 예수와
제자들이 길을 걷고 있으려니까 태어날 때부터 장님이 된
사람이 걸식을 하고 있었다. 제자들은 장님을 앞에 두고
서,

〈랍비여, 이사람이 장님으로 난 것이 뉘 죄로 인함이오
니까, 자기오니이까, 그 부모오니이까.〉

하고 예수께 물었다. 얼마나 비정하고 실례된 말이었을
까? 자기 앞에서 이런 말을 들었던 이 장님은 얼마나 슬
프고 분했을까? 예수의 제자이면서 도대체 무슨 망발이
냐고 분개하잖을 수 없다. 하지만 한 걸음 물러나서 생각

해보니 이 제자의 모습은 또한 우리들 인간의 일상적 모습이 아닌가? 우리들의 마음 속은 이 제자들보다 뒤질지언정 결코 낫지는 않은 것이다.

정신 박약아며 중중 신체장애자를 대할때, 우리들은 대체 어떠한 생각을 품을까? 만일 손톱만치도 우월 의식 없이 같은 인간으로서 평등하게 대할 수 있다면 그 사람은 마음에 전혀 차별 감정이 없는 완전한 인격의 소유자라고 하겠다. 그러나 인간 가운데 그와같은 사람이 있을 것인가?

그것이야 어쨌든, 우리들이 만일 사람들한테서,

"정박아나 신체 장애자는 누구의 죄입니까? 본인의 죄입니까, 부모입니까?"

하고 질문 받는다면 뭐라고 대답할까?

예수는 제자들에게 대답하셨다.

〈이 사람이나 그 부모가 죄를 범한 것이 아니라 그에게서 하나님의 하시는 일을 나타내고자 하심이니라.〉(요9 :1~3)

이렇듯 명확히 대답하시고 그 장님도 앞서의 장님과 마찬가지로 눈을 뜨게 해 주셨다.

몇 번이고 말하는 것처럼 나는 오랫동안 폐결핵으로 요양을 하고 있었다. 최초엔 걸을 수는 있었으나 차츰 중증이 되고 척추 카리에스를 병발(並發)하여 마침내 깁스 베드에서 꼬박 7년이나 절대 안정을 하지 않으면 안 되었다. 이런 전후 13년간의 요양 중에 나는 사람들한테서 여러가지 말을 들었다.

"폐결핵과 문둥병은 천형병(天刑病)이라 하죠. 어지간히 죄많은 인간한테 내린 병이지요."

또는

"오만때문에 왼쪽 폐가 나빠지고, 색정때문에 오른쪽
폐가 나빠진다고 하지요.."

등등. 나는 애당초 내가 두 남성과 동시에 약혼했을 만큼
나쁜 여자였으므로 무슨 말을 들어도 도리가 없다고 생각
했다. 하지만 이 성경 말씀을 읽었을 때 번쩍 눈앞이 밝아
지고 기쁨으로 채워졌던 것을 잊을 수가 없다.

내 병도 하나님의 하시는 일을 나에게서 나타내고자 하
시는 것이다. 이런 흙덩어리에 지나지 않는 나이지만 하
나님은 무언가 써주시려고 한다. 그와같이 생각하자 기쁨
으로 채워졌던 것이다.

매일 천정을 보며 누워 있을 뿐인 인간, 아무런 쓸모도
없는 자기의 존재라는 것은 매우 처량한 것이다. 모두에
게 폐를 끼쳐 가며 산다. 골칫거리로서 살고 있다. 이렇게
신세를 질 바에야 죽는 편이 좋은 게 아닐까? 나는 그렇
게 생각한 적이 여러 차례나 있었다.

이런 슬픈 생각은 반신불수의 노인이나 신체 장해자나
오랜 병자들 누구나가 갖고 있다. 그런데 그런 슬픔을 모
르는 건강인은, 자칫하면 이러한 사람들을 깔보고 우습게
여기고 방해자 취급을 한다. 심지어 병자는 버릇없이 제
멋대로 군다느니 몸이 불편하니까 마음도 비뚤어져 곤란
하다느니하며 갖은 악담을 한다.

그와같이 약한 존재인 자에게 예수는,

"당신들은 하나님의 도움이 되기 위해 지금 그와같이
누워 있는 것입니다. 괴로워하고 있는 것입니다. 그러
나 반드시 쓸모가 있는 것이지요."

라며 말하고 계시는 것이다. 즉,

〈하나님의 하시는 일을 나타내고자 하심이니라.〉

예로부터 이 말씀으로 얼마나 많은 병든 사람들이 위로받고 용기를 얻게 되었는지 모른다.

물론 죄의 결과로 병에 걸리는 경우도 있다. 예수도,

"당신네들에겐 죄가 없다."

라고 말씀하시지는 않는다. 앞에서도 말했던 대로 죄가 없는 사람이란 한사람도 없다. 다만

"특별히 다른 사람보다도 죄를 많이 범했으니까 장님이 된 것은 아니다."

고 말씀하셨던 것이다. 이 점을 우리는 잊어선 안 된다고 생각한다.

3

 이상 겨우 세 가지의 예를 말했지만 예수의 사랑의 말씀, 행위는 복음서의 기록 속에 넘치고 있다. 사람들이 꺼리고 싫어하는 나병에 걸린 사람에게 직접 손을 뻗쳐 만지든가[당시의 유대인 율법으로선 나병 환자는 사람들한테서 멀리 떨어져 있지 않으면 안 되었다. 사람들이 있는 곳에선 "나는 문둥병 환자입니다."고 큰소리로 외치고 사람들이 접근하지 않도록 해야만 했다. 하지만 그런 법을 무시하고 예수는 나병 환자에게 손을 대고 고쳐 주셨다] 또 창녀들과 식사를 함께 하시든가 간음의 현장에서 끌려나온 여성이 돌로서 맞아 살해되려고 할 때에 이를 구출하든가 하셨다.

 〈건강한 자에게는 의원이 쓸데없고 병든 자에게라야 쓸
 데 있느니라.〉(막2 : 17)

하고 예수는 말씀하셨다. 어린이처럼 자기를 지킬 수 없는 자며 불구자, 가난한 자며 병자 등, 이 세상의 약한 자들 모두를 사랑하셨다. 그리고 예수의 말씀은 지금도 현실로 우리들에게 사는 힘을 준다. 이런 예수가

 "나는 하나님의 아들이다."

 "나는 하나님으로부터 왔다."

 "나는 세상을 구하기 위해 왔다."

 "나는 구주 예수이다."

라고 선언하셨던 것이다.

그러나 여기서 또 예수가 왜 하나님의 아들이 아니면 안 되는가, 하는 처음의 문제에 부딪칠지도 모른다. 왜 예수가 인류 역사에 있어서 성인만으로선 안 되는 것인가?

그것은 신의 정의가 인류의 죄와 관련된다.

신은 사랑이다. 사랑이신 분이다. 하지만 그 사랑은 어떠한 죄를 범해도 좋아요, 좋아요 하며 무조건으로 방치해주는 허술한 사랑은 아니다.

왜냐하면 신은 거룩하고도 의로운 분이기 때문이다. 기름을 가열한 프라이팬에 물을 넣으면 어떻게 되는가. 물도 기름도 튕겨져 날아간다. 물과 기름은 서로 용납되지 않는 것이기 때문이다.

하나님의 거룩하고도 또한 의로운 성격은 죄와 동거할 수 없는 것이다. 그것은 기름과 물과 같다.

우리들은 깨끗이 청소가 된 집안에 진흙신을 신고 성큼성큼 올라갈 수가 있는 것일까? 우리들은 신을 벗고서 깨끗한 발로 올라가지 않으면 안 된다.

거룩하신 하나님 앞에 우리들은 죄로 더럽혀진 채 씻지도 않고서 나갈 수가 있는 것일까? 가열된 프라이 팬에 물을 넣는 것처럼 튕겨지고 말리라.

어떻게 하면 우리들의 죄는 씻을 수가 있을까? 스스로 세탁할 수 있을까? 즉 무언가 좋은 일을 하여 갚을 수가 있는 것일까?

온몸이 더럽혀져 있는 자가 더러운 손으로 더러움을 씻어내려 해도 이런 더러움을 씻어내는 세제가 인간 자신에게는 없는 것이다. 더러운 손은 몸을 더럽히고 더러운 손이 또한 손을 더럽힌다.

우리들은 만일 차로 사람을 치고 다치게 했을 때 많은 보상금을 갖고서 위문을 하러 갈 것이다. 그것이 만일 백 엔짜리 지폐 한 장을 갖고서 병문안을 갔다면 누가 용서해 줄 것인가? 거꾸로 욕설을 들을 것이 분명하다.

우리들은 거룩한 신이 얼마나 죄를 싫어하는 분인지를, 사실은 잘 모른다. 그러므로 신의 노여움을 모르는 것이다. 죄갚음이라 하고서 약간의 선행(善行)을 하여도 그 죄는 없어지거나 하지는 않는다. 결코 말소 되지는 않는다.

나는 죄라는 것은 용서받는 것 밖에 도리가 없다고 생각한다. 대체 어떻게 하면 하나님은 용서해 주시는 것일까? 많든적든 그 죄에 걸맞는 '헌금'을 하면 용서해 주시리라. 하지만 인간의 목숨이 지구보다 무거운 것처럼 인간의 죄 또한 지구보다 무거운 것이다. 우리들은 대체 어떠한 헌금을 하여 신에게 빌어야만 할까?

우리들이 죽음으로 빈다고 하면 용서해 주실까? 하나 인간의 목숨을 갖고서도 갚은 것은 되지 않을 만큼 죄는 무거운 것임을 성경은 나타내고 있다.

여기에 이르러 우리들 인간은 죄 앞에서 완전히 무력(無力)하고 인간 자신으로선 어쩔 수가 없는 것임을 알게 된다.

그러나 그러기에 하나님은 하나님의 아들을 이 세상에 보내 주셨던 것이다.

〈하나님이 세상을 이처럼 사랑하사 독생자를 주셨으니.〉(요3 : 18)

다시 말해서 하나님의 아들은 십자가에 오르시고 전인류의 죄를 하나님 앞에서 빌기 위해 이 세상에 오셨던 것이다. 이것이 그리스도의 신앙인 것이다.

하나님의 아들 예수는 참으로 깨끗한 분이시기에 우리들의 죄를 갚으실 수가 있었던 것이다. 이것이 돼지나 개의 목이라면 죄는 용서되지 않는다. 개, 축생(畜生)만도 못한 인간의 세계에선 인간의 생명을 갖고서도 죄는 용서되지 않는다. 아무래도 하나님의 아들이 아니면 안 되었던 것이다.

어린이가 아버지의 소중한 것을 깨뜨렸다고 하자. 아버지가 노하고 어린이를 때리려고 했을 때 그 사이에 끼어든 어머니가 얻어 맞는다.

"제발, 나를 보아 이 아이를 용서해 주세요."

어머니는 손이 발이 되도록 빈다. 아버지는 아무런 죄도 없는 어머니가 맞은 이상 용서할 수밖에 도리가 없다. 이것과 꼭 같지는 않지만 비슷한 형태가 하나님과 그리스도와 인간의 관계인 것이다.

우리들의 죄를 용서받기 위해 하나님 아들이 십자가에 오르신다. 그것은 믿기 어려운 일일지도 모른다. 하지만 이런 신앙때문에 죄는 참으로 용서되는 것이다. 자기를 대신해 주신 분이 하나님의 아들이라는 것은, 이는 엄청난 일로서 믿기 어려운 일일지도 모른다. 하지만 예수가 단순한 일반의 인간이라면 우리들의 죄는 용서되지 않는다. 그렇다고 해서 유난스레 예수를 하나님의 아들로 떠받들고 그것을 믿어 온 것은 아니다.

나는 앞에서 예수가 자신이,

〈하나님의 아들이다.〉

고 했기 때문에 십자가에 올려졌다고 썼다. 그러나 이는 일련의 결과이다. 확실히 유대인들은 신을 더럽힌다는 구실로 예수를 십자가에 매달았지만, 예수는 당신이 십자가에 매달리기 위해 이 세상에 오신 것을 자주 제자들에게 말씀하셨다.

　"확실히 나는 나에 관해 예언되고 있는 대로 죽어가리라."

라고도 예수는 말씀하셨다. 그런 예언은 예수 성탄 몇 백 년이나 전부터 있었다. 구약 성서 중에는 그리스도가 이 세상에 와서 많은 사람들의 죄를 지고 죽어간다는 것이 예언되고 있는 것이다.

　성경은 결코 앞뒤를 맞춘 것도 아니고 조작도 아닌 것이다.

그리스도의 부활과 성경

1

나는 앞 장에서 예수는 하나님의 아들임을 설명하고, 그런 하나님의 아들이 전인류의 죄를 지고 대신 십자가에 못박혔음을 말했다.

하지만 예수의 이 죽음으로써 모든 게 끝난 것은 아니다. 오히려 시작했다고 하겠다. 실인즉 예수는 십자가 위에서 돌아가시고 사흘만에 부활하셨던 것이다. 성경에는 그런 부활에 관해 명백히 기록되고 있지만 이런 사실이야말로 하나님의 아들인 확증이라고 하겠다.

이로부터 2천 년, 기독교 신자는 이 부활을 굳게 믿고 살아왔다. 파스칼도 도스토예프스키도 키르케고르도 아인쉬타인도 모두 부활을 믿어왔다.

이점은 확실히 믿기 어려운 일이지만, 전세계의 기독교 신자는 지금도 주일마다〈우리 주 예수 그리스도를 믿사오니, 이는 성령으로 잉태하사 동정녀 마리아에게서 나시고──십자가에 못박혀 죽으시고 장사한지 사흘 만에 죽은 자 가운데서 다시 살아나시며……〉하는 사도신경을 교회에서 외우고 있는 것이다.

왜냐하면 성경에 그 점이 명확하게 기록되어 있기 때문이다. 그렇기는 하지만 성경을 읽은 적이 없는 사람이거나 갓 읽기 시작한 사람들은, 이런 말씀을 듣게 되면 성경이란 참으로 비과학적이고 황당 무계한 것을 쓴 책이라고 생각할 것이 분명하다. 그것은 무리가 아니다.

도대체 누가 처녀로부터 아기가 태어나고 죽은 인간이 부활했음을 곧 믿을 수가 있겠는가? 이 부활은 가사(假死) 상태에서 숨을 다시 쉬게 되었다는 소생과는 다른 것이다. 성경에 따르면 부활한 예수는 문도 열지 않고 방에 모여 있는 사람들에게 나타난다든가 구운 물고기를 제자들과 함께 잡수셨다고 기록되어 있다.

가사의 인간이 다시 살아난 것이라면 그것은 드문 일이기는 하더라도 그리 놀라운 것은 아니다. 예수는 십자가에 오르시기 며칠 전부터,

〈그러나 내가 살아난 후에 너희보다 먼저 갈릴리로 가리라.〉 (마26 : 23)

〈보라 우리가 예루살렘에 올라가노니 인자[사람의 아들, 예수께서 스스로 이렇게 말씀하셨음]가 대제사장들과 서기관들에게 넘기우매 저희가 죽이기로 결안[결정]하고 이방인들에게 넘겨주겠고, 그들은 능욕하여 침뱉으며 채찍질하고 죽일 것이니 나는 삼일만에 살아나리라 하시니라.〉(막10 : 33—34)

고 제자들께 분명히 말씀하셨다. 그리하여 그 말씀처럼 제자들 앞에 당신을 나타내셨다.

하기야 내가 아무리 이런 것을 반복한다 하여도, 그것은 역시 믿기 어려운 것임에 틀림없다. 나도 또한 믿지 않

왔던 사람 중에 한 사람이었다.

그런 한 사람이던 나는 1948년 가을에 처음으로 성경을 손에 잡았다. 성경은 구약 성서 39권, 신약 성서 27권으로 되어 있고 이를 합쳐 성경이라 하지만, 보통 신약 성경부터 읽는 일이 많다. 나는 먼저 신약 성경의 첫페이지를 열고 놀랐다.

"얼마나 지루한 책인가?"

하고 생각했다.

〈아브라함과 다윗의 자손 예수 그리스도의 세계(世界)라. 아브라함이 이삭을 낳고 이삭은 야곱을 낳고 야곱은 유다와 그의 형제를 낳고〉(마1 : 1—2)

라는 식으로 먼저 그리스도의 세계가 몇 10대나 기록되고 있는 것이었다.

만일 이런 신약 성경의 첫페이지를 처음으로 펼치고,

"이것은 재미 있다. 얼마나 흥미깊은 책일까?"

라든가

"음, 이는 도움이 되는 것이 씌어 있다. 마음이 빨려 들어가는 희한한 책이다."

고 생각한 사람이 있다면 만나고 싶다. 솔직히 말해서 나는 진저리가 났다. 좀 더 사람의 마음을 사로잡는 것부터 쓰면 좋을 텐데 하며 생각했다.

지루한 이 세계를 읽으면서 나는 나의 연인으로 한다면 어떤 이름을 고를까 하며, 불손한 것을 생각하며 읽었다. 그렇게라도 하지 않는다면 지루해서 도저히 읽을 수가 없었기 때문이다. 하나 성경을 읽고 있는 사이 나는 차츰 여러가지를 알았다.

성경은 지금부터 4천 년이나 이전에 구약 부분이 씌어

지기 시작되어 그 후 2천년 뒤에 예수가 태어나고 33세로 십자가에 매달리신 뒤 제자들에 의해 신약 성경이 씌어지기까지, 즉 2천 년이나 이어가며 씌어진 책이다. 쓴 사람들은 여러 예언자, 왕, 시인, 그리고 예수의 제자들 등 몇 십명에 의해 씌어진 것이었다. 내용도 역사, 법률, 시, 예언, 드라마, 편지 등등 잡다할 만큼 다채롭지만 결코 제멋대로 일관성이 없는 것은 아니다. 천지 창조부터 시작하여 하나님의 아들 예수의 출현, 그리고 그 구원의 실현에 이르기까지 일관된 흐름을 그곳에서 볼 수가 있다.

성경의 기록자들은 누구든 사람을 겁내지 않고 하나님만을 두려워한 인물들이었다. 그러므로 어떠한 성경 기록자이든 인간의 죄를 지적하는 일에 결코 사양을 하지 않는다. 이는 일본에서 자란 우리들로선 이상할 정도이다.

전 이스라엘의 경애(敬愛)의 표적인 다윗 왕에 관해서도 부하의 아내를 겁탈하기 위해 그가 얼마나 악랄한 방법을 쓴 인간이었는지 자세히 쓰고 있으며[앞에서 소개한 대로] 역대 왕의 공죄(功罪)를 남김없이 묘사하고 있다. 일본의 역사서로선 이와같은 기록법이 도저히 용납되지 않음은 물론이다.

하나님 밖에 절대자는 없다는 신앙이 그렇게 만드는 셈이지만, 성경은 또한 왕뿐 아니라 예수의 제자들 불명예도 있는 그대로 기록했다.

예를 들어 제자의 한 사람, 가롯 유다는 예수를 배신하고 십자가에 못박히는 일에 가담했다. 또한 예수의 최고 제자인 베드로 역시 예수가 체포되어 연행되었을 때,

〈너도 나사렛 예수와 함께 있었지?〉

하고 사람들이 묻자,

〈나는 네 말하는 것이 무엇인지 알지도 못하고 깨닫지
　도 못하겠노라.〉

고 세 번이나 고개를 저어 부인했다. 베드로는 예수의 사
후 더욱 대표적인 사도로써 활약했지만, 이런 베드로의
일대 오점을 다른 제자는 숨기지 않고 썼던 셈이다. 전도
를 위해선 그러한 곤란한 일은 숨기고 베드로를 좀더 위
대한 인물로 받들 수도 있었을 테지만, 성경은 그와같은
표현을 하고 있지 않다.

　바울과 바나바라는 훌륭한 고제자끼리 사소한 일로 대
논쟁을 벌이고 전도 여행을 함께 할 수가 없게 되었다는
경위도 있다. (행15 : 36~41) 대논쟁을 하여 별개 행동을
취했다고 하면 조금은 듣기가 좋은데 요컨대 싸우고서 갈
라진 것이다. 교회안에 있었던 추잡한 일, 기타 제자들의
약점, 추악함이 수없이 기록되어 있다.

　예수가 십자가 위에서

〈엘리 엘리 라마 사박다니 하시니 이는 곧 나의 하나님,
　나의 하나님, 어찌하여 나를 버리셨나이까 하는 뜻이
　라.〉

하는 비통한 말을 남기셨다는 것도 기록되고 있지만, 이
것은 역사상 끊임없이 논해진 말로서 굳이 쓸 필요가 없
었던 게 아닐까 하고 생각된다.

　하나님의 아들 그리스도인 자가 마지막에 이르러 왜 이
와같이 마음약한 말을 했는지 실망이 된다.

　그렇게 씌어 있는 책을 나도 일찍이 읽은 적이 있지만,
대부분의 사람들은 당연히 의아스럽게 생각하리라. 십자
가는 전인류의 죄를 속하는 것인 이상 그 고민도 또한 우
리들 인간을 대신한 것이었음은 알지만, 그래도 굳이 오

해를 가져올 것만 같은 것은 피해도 좋다고 우리들은 생각되는 것이다.

어쨌든 나는 성경을 읽으면 읽을수록 얼마나 솔직한 책인가 하여 놀라지 않을 수 없다. 결코 미담이나 좋은 것만을 나열하고 있지는 않다. 오히려 인간의 약함, 추악함, 인간의 곤란한 일들이 속속들이 써있다고 하겠다. 나는 이것을 갖고서도 성경이 진실된 책임을 인정하지 않을 수가 없다. 인간의 상식을 초월한 진실을 나는 성경 속에서 찾게 되는 것이다.

따라서 제자들이 예수의 부활을 기록한 것도 거짓이나 엉터리라고는 생각되지 않는다.

앞에서도 썼던 대로 예수가 하나님의 아들이라고 밝히는 일은 제자들한테는 목숨을 건 일이었다. 부활의 증언은 그것에 몇 갑절 더한 용기가 필요했으리라.

예수가 관리들에게 체포되었을 때 곁에 있던 제자들은 뿔뿔이 도망쳤다. 어떤 제자는 옷이 잡히자 벌거숭이가 되어 달아났다고 성경에 씌어 있다. 벌거숭이로 달아나는 모습은 참으로 꼴불견인데 제자들은 그 만큼 겁쟁이었던 것이다.

그런데 예수의 부활을 본 뒤에 제자들은 딴사람처럼 강해졌다. 제자들은 모두 예수의 부활을 증언했고 예수가 그리스도(구세주)라고 사람들에게 당당히 전도하며 다녔다. 과연 제자들은 자주 체포되고 채찍질을 당하고 투옥되었다. 그러나 어느 제자건 겁내지 않았다. 일찍이 예수를 모른다고 말한 베드로도,

〈인간을 좇기보다는 하나님을 좇아야 한다.〉

고 주장했다. 더욱이 제자들 대부분은 끌려 가서 처형되

었다.

이와같은 제자들의 강함은 예수의 부활 후에 키워졌던 것이다. 이것은 거꾸로 말하면 부활은 진실이었다는 것이 된다.

신약 성경의 대부분은 편지이다. 대부분은 바울이란 사람이 교회나 제자한테 보낸 것이지만, 그는 처음에 기독교도 박해의 선봉장이었다. 유대교의 열렬한 신자였던 그는 인간 예수를 하나님의 아들이라고 하는 것에 가장 분노한 인물의 하나였다. 그는 남녀노소 가릴 것 없이 기독교인을 집에서 끌어내고 투옥하는데 광분한 인물이었으나 부활한 예수를 뵙고 180도 전환을 했다. 그는 그런 과거가 언제나 후회스러웠는지,

〈내가 받은 것을 먼저 너희에게 전하였노니 이는 성경대로 그리스도께서 우리 죄를 위하여 죽으시고, 장사지낸후 성경대로 사흘만에 다시 살아나사, 게바(베드로)에게 보이시고 후에 열 두 제자에게와…… 맨 나중에 달이 차지 못해서 난 자와 같은 내게도 보이셨느니라.〉(고전15 : 3~8)

하고 자기를 팔삭둥이 취급을 했다. 그도 또한 부활한 그리스도를 뵙고 비로소 안정된 강한 인간이 된 한 사람이었다. 그 점은 누구보다도 바울 자신이 알고 있었으며 다음과 같이 말한다.

〈그리스도께서 죽은 자 가운데서 다시 살아나셨다 전파되었거늘 너희 중에서 어떤 이들은 어찌하여 죽은 자 가운데서 부활이 없다 하느냐. 만일 죽은 자의 부활이 없으면 그리스도도 다시 살지 못하셨으리라. 그리스도께서 만일 다시 살지 못하셨으면 우리의 전파하는 것도

헛것이요, 또 너희 믿음도 헛것이며, 또 우리가 하나님의 거짓 증인으로 발견되리니 우리가 하나님이 그리스도를 다시 살리셨다고 증거하였음이라. 만일 죽은 자가 다시 사는 것이 없으면 하나님이 그리스도를 다시 살리시지 아니하셨으리라.

만일 죽은 자가 다시 사는 것이 없으면 그리스도도 다시 사신 것이 없었을 터이요, 그리스도께서 다시 사신 것이 없으면 너희의 믿음도 헛되고 너희가 여전히 죄가운데 있을 것이요, 또한 그리스도 안에서 잠자는 자도 망하였으리니 만일 그리스도 안에서 우리의 바라는 것이 다만 이생 뿐이면 모든 사람 가운데 우리가 더욱 불쌍한 자리라.〉(고전15 : 12∼19)

요컨대 예수가 부활하지 않았는데, 했다고 말하는 것이라면 터무니 없는 거짓말쟁이가 되고 도무지 허무하기 짝이 없는 일이고 얼마나 가련하고 우스꽝스런 존재냐 하는 것이다.

나는 바울의 편지 속에서 이 대목만 보아도 거기에서 진실을 느끼지 않을 수가 없다. 아무리 교묘하여도 거짓에는 어딘가 반드시 파탄이 있기 마련이다. 하물며 목숨을 걸어가며 거짓말이나 엉터리를 말할 필요가 어디에 있겠는가!

바울은 스스로 썼다.

〈마흔에 하나 모자라는 채찍을 맞은 일이 다섯 번, 돌로 맞은 일이 한 번, 배의 난파가 세 번, 자주 죽음에 직면했다.〉

이밖에 숱한 고난을 만나면서 그도 또한 그리스도를 전파하지 않을 수 없었던 것이다. 채찍으로 맞았다는 것도

문자로서 읽을 때 아무런 아픔도 우리들은 느끼지 않지
만, 장정인 사내가 온힘을 다하여 채찍을 휘두를 때 제아
무리 건장한 남자의 등도 곧 가죽이 터지고 피가 흐른다
고 들은 적이 있다. 그렇게까지 당하면서 그들은 예수가
하나님의 아들 그리스도이며 우리들 인간의 죄를 속하기
위해 십자가를 진 구세주이며 죽음을 초월한 부활의 주님
임을 전도했던 것이다.

2

바울은 또 이렇게 쓰고 있다.

〈내가 받은 것을 먼저 너희에게 전하였노니 이는 성경대로 그리스도께서 우리 죄를 위하여 죽으시고 장사지낸 바 되었다가 성경대로 사흘만에 다시 살아나사……〉

이상은 바울한테 가장 중요한 것이고 그것은 우리들한테도 가장 중요한 점인 것이다. 이것은 이를테면 기독교의 엣센스이다. 그리스도를 믿는 것이란 어떤 것이냐고 질문받는다면 이 대목을 보고 대답해도 좋다고 하여도 지나친 말은 아니다.

그런데 여기서 바울의 이 말을 주의깊게 읽어보면

〈성경대로〉

라는 말이 짧은 글 속에 두 번이나 나온다. 이것을 한마디로 말하면 예언자들이 말한 일, 즉 예언자가 전달한 하나님의 말이 성취되었다는 뜻인 것이다. 예언은 성취되었다는 셈이다.

이런 예언자의 예(預)는 예정의 예(予)는 아니다. 그러므로 예언자는 하나님의 말씀을 맡아갖고 있는 자, 혹은 하나님의 말씀에 참여하는 자이다. 물론 하나님의 말씀은 과거, 현재에만 국한되지 않는다. 당연히 미래에도 미친다.

그리스도의 탄생이나 죽음에 관해서도 미리부터 구약 성경에 기록되고 있지만 예수는 그것에 씌어 있는 대로 세상에 태어나고 죽었으며 부활했다고 바울은 말하고 있는 것이다.

신약 성경의 마태(Matthew)에 의한 복음서 첫페이지에도

〈이 모든 일이 된 것은 주께서 선지자로 하신 말씀을 이루려 하심이니.〉(마1 : 22)

라고 씌어져 있듯이 예언자(선지자)의 말은 하나님한테서 나온 말씀이다. 하나님한테서 나온 말씀인 그 예언은 놀랄만큼 정확히 성취되고 있다고 한다. 그 예를 전부 인용하면 그것만으로서 몇 권의 책이 된다고 일컬어진다.

예언에 관해, 예언자에 관해 좀더 자세히 알기 위해 지금 몇 가지 구약 성서의 기록을 인용할까 한다.

예언자들은 하나님을 넘보는 나라나 마을, 혹은 포악한 왕들이나 퇴폐한 백성에게 쉴새없이 하나님의 말을 전달했다. 어떤 때는,

〈당신들의 나라는 황폐하고 거리들은 불로 태워진다.〉

라고 알리며 하나님께 돌아갈 것을 전했고, 또 어떤 때는,

〈옛날엔 공평(公平)함으로 넘치고 정의가 그 속에 깃들고 있었는데 지금은 사람을 죽이는 자들만이 되어 버렸다.〉

고 한탄했다.

회개하지 않으면 적의 손에 죽는다고 예언자로부터 신언된 왕들은 비록 아무리 강대함을 자랑하고 있더라도 적에게 죽음을 당하여 죽었고, 반드시 멸망된다고 일컬어진 나라는 아무리 번영을 구가하고 있어도 멸망했다. 또 포

로가 된다고 예언된 백성은 반드시 포로가 되었고 영화를
누린다고 일컬어진 나라는 번성했다. 이는 이스라엘과 그
주변의 국가들 역사가 증명하고 있는 대로인 것이다.

　그런데 예언자들의 대부분은 결코 자기쪽에서 스스로
예언자는 되지 않았다. 하나님의 말씀이 바라고,

　"이 말을 이야기하라."
고 명령되어도,

　"아뇨, 저는 말주변이 없어서……"
라며 사양하든가

　"저는 아직 젊은이에 지나지 않습니다. 이야기할 방법
　도 모릅니다."
고 꽁무니를 뺐다.

　나는 처음에 이와같은 예언자들의 태도를 읽었을 때 이
상하게 생각했다. 이스라엘의 예언자들은 곧잘 왕이나 고
관에게 의논의 대상이 되기도 했던 것이다.

　"이 전쟁은 피해야 할 것인가, 어떤가?"

　"이 나라의 장래는 어떠한가?"
하며 예언자에게 의견을 구하고 그 대답에 귀를 기울이는
왕도 수많이 있었다. 그러므로 사회적으로 높이 평가되는
예언자가 되는데 왜 피하는가 하고 나는 이상히 생각했던
것이다. 그러나 잘 읽고보니 그것은 무리가 아니었다.

　하나님의 말씀을 알린다는 것은 실은 중대한 행위인 것
이다. 구약 성경에는 흉년일 때 가난한 과부의 집에 가서

　"당신의 항아리 밀가루는 바닥나는 일이 없고 병의 기
　름도 떨어지는 일이 없다."
고 알린 예언자의 말이 나온다. 굶어죽을 각오를 하고 있
던 과부는 그날 이후로 항아리 바닥의 밀가루도, 병에 조

금 남은 기름도 결코 줄어드는 일 없이 생명을 부지했다
고 씌어 있지만, 이런 것 등은 기쁜 예언이다. 하지만 대
부분의 경우는 왕이나 고관에게도 예언자는 할 말을 엄숙
히 말해야 했고 책망할 일을 책망하지 않으면 안 되었다.

 "왕이여, 당신은 자기의 안전만을 구하고 백성을 돌보
 지 않는 나쁜 왕입니다. 당신은 며칠 뒤에 죽게 됩
 니다."

 이와같은 바른 말이 성경에는 곳곳에 나온다. 달콤한
말, 귀에 거슬리지 않는 말은 그것이 한때의 아첨이고 거
짓이라고 알고는 있어도 인간은 그만 마음을 허락한다.
그러나 엄격한 말은 쉽사리 받아들이지 못한다. 유대의
역대 왕 중에는 하나님을 두려워하고 예언자의 말에 자기
잘못을 고친 명군도 때로는 있었지만 대부분은 격노하여
예언자를 투옥했고 그 목숨을 앗았다.

 이렇듯 생명마저도 돌보지 않는 자가 아니면 안 되었던
만큼 예언자가 되고싶지 않은 것은 무리가 아니었다. 그
렇지만 이스라엘의 역사에는 이런 죽음도 겁내지 않는 예
언자가 다수 나타났고 폭군에게 아무리 강요받아도. 혹은
위협받아도 왕의 환심을 사려 하지 않았다. 하나님이 이
야기하는 대로 이야기하고 하나님이 제시하는 대로 제시
했다.

 그러므로 망한다고 일컬어진 나라는 망했고, 폐허가
된다고 일컬어진 도시는 폐허로 바뀌었고, 적의 손에 죽
는다고 일컬어진 왕은 적의 손에 죽었으며, 영화롭게
된다고 한 사람은 영화를 누렸다. 그리하여 이러한 예언
자들에 의해 고대하던 그리스도가 이 세상에 나타난 셈이
기도 하다.

구약이래 4천 년 이상이나 지난 현대에 사는 우리들로선 그것들이 너무나도 먼 날의 일로 여겨져 아무런 감흥도 솟지 않을는지도 모른다.

그러나 이런 하나님의 말씀이 정확히 성취되었다는 것은 가공할 만한 것이 아닐까? 이는 하나님의 말씀이기에 성취되었던 것이다. 이는 곧 하나님은 참으로 계시다는 것이기도 하다. 이러한 역사 속에서 이루어진 나라의 멸망, 도시의 황폐, 왕의 죽음, 또는 나라의 융성, 도시의 번영, 왕의 영화 등이 우연이라고 할 수 있을까?

만일에 그것들 모두가 우연이었다는 사람이 있다고 하면, 그 우연은 어떠한 확률일까? 그런 확률을 추구하고 계산한 학자도 있다. 그것은 수없이 성취된 예언 중 겨우 네 가지만을 선정하고, 이것들 네 가지의 성취가 만일 우연성의 것이라면 대체 얼마 만큼의 우연성일까 하는 연구이다. 당시의 번영한 도시의 폐허가 된 것 등에 관한 네 가지 사건을 뽑아 피터·W·스토어 교수는 6백 명의 학생을 불러 자료를 조사토록 했다.

구약 성경에 씌어져 있는 일은 역사적으로도 고고학적으로도 놀랄 만큼 정확하다고 하지만, 이런 연구 결과 네 가지 예언의 성취가 모두 우연이라고 한다면 그것은 2,000,000,000,000,000,000분의 1인 확률이라고 한다.

이 방대한 숫자는 실제 어떠한 숫자인지 우리들로선 짐작도 못한다. 그것은 예를 들어 텍사스 주 전역에 10미터 높이의 은화를 깔고 그 가운데 한 잎에 표시를 하고서 눈가림을 한 사람이 그 위를 걸으면서 파내든 무엇이든 하여, 어쨌든 단번에 찾아내지 않으면 안 될 만큼의 극히 '맞을' 턱이 없는 확률이라고 한다.

이는 텍사스 전역이 아니라도 좋다. 내 집의 두 칸 방에 10cm 가량인 높이로 백원짜리 동전을 깔고 눈가림을 하고서 표시를 한 한 잎의 백원짜리를 찾는 것을 생각만 해도 얼마나 엄청난 확률인지를 알 수가 있으리라.

이렇게 생각하면 겨우 4건의 예언 조차 이런 숫자가 나온다면 성취된 예언 전부가 우연으로 만들어 졌다고 하기 위해서는 지상의 모래알 수만큼이나 있다는 별 전부에 은전을 늘어놓고 그 중의 한잎을 찾아내야만 한다고 한다.

이런 것을 생각해보더라도 우리들은 예언으로 성취된 그리스도의 부활을 믿지않을 수가 없는 게 아닐까!

아무튼 성경은 구약 성경이건 신약 성경이건 예언자나 사도들이 목숨을 걸어가며 거룩하고도 전능한 신을 지향하고 그 아드님 예수 그리스도를 지향해 온 책이다. 읽는 우리들도 진실된 영혼과 겸손한 마음을 갖고서 읽지 않으면 안 된다고 생각한다.

예수의 제자 중에도 실증주의자는 있었다. 예수가 제자들 앞에 부활하셨을 때 도마(Thomas)라는 제자만은 그 장소에 있지 않았다. 그러므로 다른 제자들의 말을 믿지 않고,

〈내가 그 손의 못자국을 보며 내 손가락을 그 못자국에 넣으며 내 손을 그 옆구리에 넣어 보지 않고는 믿지 아니하겠노라.〉

하며 예수의 부활을 부정했다. 그런데 여드레 후에 다시 예수가 나타났다. 그때 도마도 제자들과 함께 있었다. 예수는 도마에게 일렀다.

〈네 손가락을 이리 내밀어 내 손을 보고 네 손을 내밀어 내 옆구리에 넣어보라.〉

그리고

〈보지 못하고 믿는 자들은 복되도다.〉(요20 : 24~28)
하는 유명한 말씀을 남기셨다.

우리들은 바로 도마이다. 보지 않으면 믿지 않는다는
마음을 가졌다. 보지 않고서 믿는 복된 자가 되기 위해 우
리들은 먼저 자기 손에 성경을 들고 읽기 시작해 보지 않
겠는가?

몇 년 전의 일로, 내가 다니는 아사히까와 로쿠조 교회
의 앞을 지나가던 남자가 있었다. 당시 그 사람은 걸식을
하고 있었다. 교회 앞의 게시판에는 〈내가 곧 길이요, 진
리요, 생명이니라.〉(요14 : 6)라는 그리스도가 당신을 가
리켜 하신 말씀이 게시되어 있었다.

이것을 본 그는 마음에 깊이 느낀 바가 있어 시내의 다
른 교회에서 구도를 시작했다. 이윽고 그의 인생은 바뀌
었다.

물론 거지 노릇은 그만 두고 신자가 되었다. 그리고 자
기 집을 개방하여 기독교 집회를 여는 생활이 되었던 것
이다.

성경 말씀은 토막말이라도 이와같이 생명이 있고 힘이
있다. 우리들의 말은 사람을 1cm라도 움직이기가 어렵지
만 성경은 참으로 사람을 살리고 인생을 바꾸는 힘이
있다.

내가 아무리 성경에 관해 써도 그것은 극히 일부분
이다. 부디 여기서 각각 성경을 읽는 것을 결심해 주시기
바란다. 그리하여 스스로 진리의 말씀, 생명의 말씀에 접
해 주시기를 바라는 마음 간절하다.

그리스도의 교회

1

전도 집회에 초청되어 강연을 할 때, 나는 모여주신 분들에게 이렇듯 이야기를 할 수 있는 기회는 다시 없으리라, 아마도 이것이 최초이고 최후가 될 것이다, 라는 생각에 사로잡혀 내 나름으로는 한껏 정성을 다하여 이야기한다. 강연 뒤 사람들한테

"대단히 좋은 말씀 고마웠습니다."

"매우 감동했습니다."

등의 칭찬을 듣게 되면 나는 크게 용기를 얻고 진심으로 기쁘다고 생각한다. 특히

"질색이었던 기독교에 대해 인식을 고쳤습니다."

"성경을 읽고 싶습니다."

"교회에 나가고 싶어졌습니다."

등의 말을 듣게 되면, 아아 강연하러 오길 잘 했구나 하며 절실히 느낀다.

하나 그렇지 않은 일도 있다. 매우 감동했다는 말을 듣고,

"그럼 교회에 나와 주시겠습니까?"

하는 권유에

"아뇨, 거기까지는 생각지 않습니다."

"별로 신앙이 없어도 지금껏 훌륭히 살아왔으니까요."

하며 가볍게 손을 옆으로 흔들고 마는 일이 있다. 나는 내가 말한 것이 실은 상대를 조금도 움직이고 있지 않음을 알고서 매우 낙담한다. 아쉽다고 여긴다.

감동이란 마음이 흔들리는 것이다. 감동했다면서 한 발짝도 움직이고 있지 않는다면 정말로 감동했다고는 할 수 없을 것이다.

이 《빛이 있는 동안에》도 《주부의 벗》지에 연재되어 장을 거듭하기를 10회이다. 앞으로 2장이면 일단은 끝낼 참인데

"대단히 알기쉽고 재미있다."

"감동하고 있습니다."

하는 독자 분들의 편지에 나는 격려받는다.

나는 지금까지 인간이란 참으로 사랑할 줄을 모르는, 약하고 변덕스럽고 죄많은 자이며 참된 자유를 모르는 자유스럽지 못한 존재라고 써 왔다. 한마디로 말해서 허무하지 않을 수 없는 게 인간이라고 썼다. 그러나 자기가 이와같은 약한 존재임을 깨달은 그 옆에 하나님이 있다는 것도 말했다.

그렇다면 하나님이란 무엇인가? 그리스도란 무엇인가? 그리스도의 십자가의 죽음이란 무엇인가? 그 물음과 우리들은 어떠한 관계가 있는가? 그리스도의 부활이란 사실인가, 성경이란 어떠한 것인가 등등 대략적이긴 하지만 이야기를 진행시켰다.

　그것이 얼마 만큼 설득력을 가진 것인지 모르지만, 그
런대로 내가 말하고자 하는 것을 알아 주셨을 게 아닌가
하고 나는 생각한다.

　하지만 무슨 일이고 알았다는 것만으로선 진실로 안 것
이 되지 못하는 법이다. 특히 신앙 문제는 믿지 않고서는
이해할 수가 없다. 믿지 않으면 그 사람이 사는데 힘이 되
지 않는 것이다.

　나는 여기까지 매 장을 읽어주신 독자분들을 생각하며
진심으로 기도하지 않을 수 없는 심정이다.

　"알았다. 재미 있었다. 그렇지만 신앙을 갖지 않더라도
　나는 살아갈 수 있다."

고는 말하지 말아달라고 비는 것이다.

　확실히 이 세상에는 신앙과 관계없는 곳에 있으면서 살
고 있는 사람은 많이 있다. 믿는 사람의 수는 매우 적다.

　그 하나로서 누구에게도 이야기를 들은 적이 없고 권유
받은 적도 없다는 것도 있으리라. 하지만 지금은 텔레비
전・라디오・신문・잡지가 범람하는 시대이다. 그럼에도
아직 한번도 그리스도에 대해 들은 적이 없다고 하면, 이
는 신앙에 관심이 없었다는 증거일지도 모른다.

　'빠찡꼬'를 좋아하는 사람은 빠찡꼬집이 어디에 있는지
알고 있으며 낯선 도시를 걷더라도 빠찡꼬집은 곧 눈에
띈다.

　야구를 좋아하는 사람은 몇 시에 채널을 돌리면 야구
방송이 들어오는지, 그 시간을 잘 안다. 하지만 이런 프로
에 관심이 없는 사람은 그 시간을 모른다.

　내가 다니는 교회 앞을 매일 아침저녁 다니며, 3년간 고
교에 통학한 사람이 있었다. 그는 나중에 이곳에 교회가

있음을 한번도 깨닫지 못했노라고 말했다. 교회처럼 높고
도 눈에 잘 띄는 건물 앞을 3년이나 다니고 있으면서 눈에
들어오지 않은 것은 어째서인가? 관심이 없었기 때문인
것이었다.

아무리 텔레비전이나 라디오에서 기독교의 프로를 방송
해도 관심이 없다면 들려오지 않는다. 내가 야구의 프로
에 흥미가 없으므로 들은 적이 없는 것과 같은 것이다. 그
러므로 누군지 적극적으로 신앙에 대해 알려 주든가 전해
주지 않는다면 알 까닭이 없는 것은 당연할지도 모른다.

하지만 듣고도 권유되어도 또 얼마만큼 기독교를 알고
있어도 믿고 싶지 않은 사람은 있는 법이다. 그것은 우리
들이 배부를 때 아무리 진수성찬이 차려져 있어도 한입도
입에 넣을 수 없음과 비슷하다.

"맛 있지요."

라고 설명할 것도 없이 그것이 얼마나 맛있는지 잘 알고
있어도 배가 부르기 때문에 입에 넣을 수가 없다. 즉 굶주
림을 느끼지 않는 상태라는 게 있다.

굶주림을 느끼지 않는다면 그걸로서 좋다고 할 수 있을
까? 곤약이나 물 등이라도 일시적으로는 배가 부를 수
있다. 하지만 그것은 저칼로리이고 참으로 생명을 살리는
힘은 되지 않는다. 그러한 것이 영혼의 생활에도 있다.

연애를 하고 있으면, 볼링에 열중하고 있으면, 잡스런
일에 바쁘다 보면 영혼에 굶주림을 느끼지 않고서 있을
수가 있다. 그러한 일도 인생에는 있다. 그것이 참으로 자
기 인생을 살리는 열원(熱源)이 아니라도 족하다. 하지만
그런 상태에서 얻는 만복감은 곤약과 물로서 만복감을 느
끼고 있는 것과 같은 것이 아닐까?

이것과 비슷한 일은 앞에서도 말했지만, 우리들은 자기의 영혼이 지금 굶주림을 느끼고 있지 않은 것에 만족하기 보다도 위기를 느끼는 편이 옳다고 알아야만 하는 게 아닐까?

여학교 시절 나는 친구에게 이끌려 교회에 간 일이 있다. 그때는 나도 영혼에 전혀 굶주림을 느끼고 있지 않았다. 그뿐인가? 오만한 생각으로 넘쳐 있던 나는 하나님의 말씀에 귀를 기울일 심정 따위는 전연 없고 이렇게 생각하며 갔던 것이다.

"교회라는 곳은 '황실'을 비판하든가 전쟁을 반대하는 곳은 아닐까? 어디, 어떤 욕을 하고 있는지 들으러 가 보자."

지금 생각하면 마치 정보원이나 '헌병'처럼 의심으로 가득 찬 심정이었다. 자기 마음이 무엇으로 넘쳐 있는가 검토하는 것은 중요한 일이다.

그러나 그런 내가 다시 11년 뒤에는 그리스도를 찾게 되고 3년간의 구도(求道)뒤에 기독교 신자가 되고 마침내는 이렇듯 기독 사상에 입각한 소설을 쓰든가 기독교 입문을 쓰게 되었으니 인간이란 것은 이상한 존재이다.

내가 국민학교 교사로 있으면서 '고등과'를 담임하고 있었을 때 클라스에 '나카야마 미에꼬'라는 학생이 있었다. 매우 마음이 착하고 우수한 학생이었다.

"나카야마가 당연 넘버 원이지."

하고 어떤 동료는 곧잘 말하곤 했었다.

이듬해 1학년을 담당했더니 그런 나카야마 미에꼬의 남동생 '쓰기지'가 있었다. 이 동생도 귀염성 있고 언제나 싱글벙글하는 학생이었다. 뒷날 내 요양 생활 중 그는 갓

배운 솜씨를 휘둘러 서랍이 달린 책꽂이를 만들어 위문품
으로 보내준 적이 있다.

이런 미에꼬와 쓰기지 사이에 '요이찌'라는 사내 아이
가 있었다. 나는 한 번도 담임한 적은 없지만 교장을 비롯
한 전 학교의 교사들에게 "요짱, 요짱."이라고 불리며 사
랑받는 얌전한 우등생이었다.

그는 나의 요양 중 자주 병문안을 와 주었다. 나는 이상
하게도 한 번도 담임한 적이 없는 다른 학생에게도 곧장
병문안을 받은 행복한 인간인 것이다.

그것이야 어쨌든 그는 사회에 나가더라도 잘못된 일은
무엇하나 저지르는 일이 없을 것만 같은 청년이었다. 나
는 때때로 병상에 누워 그에게 기독교의 이야기를 했다.
하지만 그는,

"저는 신앙이 없더라도 살아갈 수 있는 인간이라고 생
각합니다. 저는 아시다시피 품행방정하고……."

그에겐 이렇듯 자기 입으로 칭찬해도 결코 낯 두껍다고
여겨지지 않는 덕이 있고 나도 또한 이렇게 착한 사람은
신앙이 없어도 살아갈 수 있을 거라고 생각했다.

"나의 아버지는 종교를 갖지 않으셨어도 위대한 분이었
습니다."

그는 때로는 그런 말도 했다. 그러나 나는 그런 그가 크
리스찬이 될 것을 날마다 기도했다.

그리하여 1년이 지났다. 3년이 지났다. 하지만 그는 여
전히 인생에 좌절하는 일이 없는 모범 청년이었다. 바르
게 사는 그에게 신은 필요없었다. 4년, 5년, 그럼에도 나
는 기도했다.

어떤 사람은 두 벗을 위해 50년을 내내 기도하고 그 한

사람은 50년째에 크리스찬이 되었으며 남은 한 사람은 기
도한 사람의 사망후 마침내 그리스도를 믿기에 이르렀다
는 이야기를 듣고 있었기 때문이다.

하나 의지 박약한 나는 5년째로서 그를 위한 기도를 그
만 두었다. 그러자 6년째, 그러니까 기도를 그만 두고서 1
년 후에 그는 인생의 갈림길에 세워져 마침내 신을 찾기
시작했던 것이다.

지금 그는 훌륭한 기독교인이 되고 교회의 간부를 맡고
있다. 그의 아내도, 내가 가르친 누님도, 신앙 생활로 들
어갔다. 학문 우수·품행 방정한 그로서도 넘을 수 없는
인생의 심연(深淵)이 있음을 그는 마침내 알 수가 있었던
것이다.

2

그런데 눈을 본 적이 없는 사람에게 눈을 아무리 설명해도 모른다고, 어떤 사람이 술회(術懷)하는 것을 들은 일이 있다. 하늘에서 흰 눈이 펄펄 내려오고 그것이 지상에 쌓이며 밟혀 단단해진 눈길은 탱탱 얼어붙고 미끄러져 걸을 수가 없다. 이와같이 들려주면 듣는 사람은 끄덕이며 듣고는 있지만 결국은 모른다고 말한다.

어째서 그렇게도 많이 쌓이는 눈이 하늘에서 단번에 왕창 내리지 않고 순서껏 차례껏 내리는지 모르겠다고 한다.

흔히 일컬어지는 말이지만 설탕을 본 일도 먹은 적도 없는 사람에게 설탕을 설명하기는 어렵다고 한다. 소금처럼 희고 사각사각하며 더욱이 달콤하다고 일러주어도 언뜻 보아 소금과 똑같은데 어떤 식으로 달콤한지 모른다. 역시 그것은 '핥아보지 않으면 모르기' 때문이다.

신앙도 그것과 마찬가지로 믿어보지 않으면 알 리가 없다. 그렇다고 해서 처음부터 무엇이고 모두 믿어지는 것도 아니다. 먼저 믿고자 하는 자세가 필요하다. 일반적 학문만 하여도 머리부터 부정하여 받아들이지 않는다면 들어갈 수가 없는 게 아닐까? 다소라도 책을 믿고 교사를 믿고서 들어가야 한다.

얼마 전 나는 나와 남편과 비서와 셋이서 16밀리 영사기의 조작(작동) 강습을 받았다. 텍스트인 도해를 보며 자세한 설명을 듣고 어떠한 이유로서 소리가 빛이 되며 빛이 소리가 되는지 등도 들었다. 들으면서 과연 그렇구나 싶었지만 물론 그것만으로 영사기를 조작할 수 있는 것은 아니었다.

대략적 이론 강의가 끝난 뒤 교사는 눈앞에 영사기의 실물을 놓고서 설명했다. 그리고 실험해 보여 주었다. 그럼에도 능숙하게 조작하기까지는 상당한 시간이 소요되었다.

신앙도 마찬가지로 설명을 아무리 들어도 알 것 같으면서 모르는 법인 것이다. 다만 신앙은 이른바 학문은 아니다. 어려운 이론도 없고 수식(공식)을 외울 필요도 없다.

하나님에게 순순히 마음을 열고자 하는 일이 무엇보다도 중요하다고 하겠다. 그리스도는 언제고 우리들 인간의 마음 문을 노크하고 계시다고 성경에 기록돼 있다. 우리들이 안에서 마음 문을 열기까지 그리스도는 문 밖에 서 계신다. 우리들이 문을 열기만 하면 그리스도는 우리들의 마음 속에 들어와 몸소 여러가지로 가르쳐 주실 것이다. 그러나 우리들은 자기들 마음 문마저 여는 법을 모르는 자라고 하리라.

"그리스도를 믿기 위해선 어떻게 해야 될까요?"

이와같은 독자의 편지기 많이 온다. 나는 그린 분들에게 대개는 이렇게 대답한다.

"속았다 생각하고 교회에 3년 동안 다녀 보십시오. 성경을 되풀이 읽고 그리고 기도해 주십시오."라고.

성경을 읽고 기도하는 것 뿐이라면, 시작하고자 마음 먹으면 어떻게든지 시작할 수 있을지도 모른다. 그렇지만 교회에 간다는 일은 좀처럼 마음이 내키지 않는 법이다.

교회라는 곳에는 어떠한 인간이 있는 것일까? 처음 온 자기를 흘끔흘끔 보지는 않을까? 목사나 신부는 어려워서 접근하기 어려운 게 아닐까? 헌금이라는 게 있는 모양인데 얼마쯤 내놓아야 좋을까? 교회에 나가면 반드시 신자가 되어야만 하는 것일까?

이렇듯 차례로 웬지 불안한 의문이 솟아난다. 우리 집은 조상 대대로 불교인데 교회에 나가면 남편은 뭐라고 말할까? 시어머니나 친척들은 뭐라고 할까? 불안은 더욱 더 많아지고 그런 모르는 세계에 발을 들여놓지 않고서 어떻게든 혼자서 그리스도를 믿는 방법은 없을까 하며 생각하는 사람도 비교적 많은 모양이다.

나의 소설 《빙점》 속에서 '쓰지구찌 게이조'라는 의사가 교회에 가고자 생각하며 그 앞까지 가지만, 교회 앞을 서성거릴 뿐 마침내 들어가지를 못하고 돌아오는 장면이 있다. 이러한 경험을 가진 사람은 신자 중에도 많다.

하지만 아무리 들어가기 어려워도 신앙을 이끌음 받기 위해서 교회는 필요한 곳이다. 교회는 단지 신앙을 배우기 위한 학교는 아니다. 신을 예배하고 신과 사람이 교류하며 사람과 사람이 사귀고 그리하여 여기서 성경 말씀을 듣고 힘이 주어지며, 그 주어진 힘으로 살기 위해 각각의 생활의 장을 향해 가는 곳이기도 하다. 교회는 그리스도의 몸이라고 일컬어지는 까닭이 거기에 있는 것이다.

아무튼 우리는 용기를 내어 교회에 가도록 하자. 실은 교회라는 곳은 그다지 용기를 내어 가지 않더라도 보통의 사람이 모여 있는 곳에 지나지 않는 곳이다. 뭐 특별히 훌륭하고 선인이며 깨끗한 마음의 사람만 모여 있는 셈도 아니다.

저마다 시어머니와 사이가 나빠 고뇌하든가, 자식이 불량하여 고민하든가, 남편의 외도에 울든가, 자기의 추악함을 깨닫고 괴로워하든가, 몸이 약해서 실망하든가 등등 무언가의 고뇌와 아픔을 남몰래 품고서 용기를 내어 교회의 문지방을 넘은 사람이 태반인 것이다.

때로는 찬송가의 아름다움에 이끌리든가, 친구에게 권유되어 그저 다니고 있거나, 혹은 영어를 배우기 위해 '바이블 클라스'에 다니는 사이 교회에 길든 사람이 있거나 하지만, 성경을 읽고 있는 사이에 각각 인간의 약함을 안 사람들인 것이다. 즉 무언가의 의미로서 신 없이는 인간은 참으로 살 수 없음을 안 사람들인 것이다.

그럼 교회에 다니고 있는 사람은 인간의 약함을 알고 아픔을 알고 있는 까닭에 모두 친절하여 다정히 이끌어 줄 게 틀림없다고 생각할지도 모르지만, 결코 그와같은 기대를 품지 않는 것이 중요하다. 교회에는 몇 십년이나 신앙 생활을 계속하는 사람도 있는가 하면 지난 주 비로소 왔다는 사람도 있다.

아들이 노이로제라서 정신 병원에 들어간 사람, 딸이 자살한 쇼크에서 일어날 수 없는 사람 등 자기의 고뇌만으로서 가득한 사람도 있는 것이다. 그런 사람 중에 한사람인 누군가에게 무언가를 물어도 침울한 얼굴로서 대꾸도 해주지 않는 일이라도 있을지 모른다. 그런 일로서 기독교 신자도 차가운 사람이라고 절망하고 두 번 다시는 교회엔 가지 않으리라 생각하는 마음 약한 사람도 있다.

　이렇듯 교회에 와 있는 사람 전부가 꼭 신자라고 할 수
도 없는 것이며, 신자 또한 여러가지 타이프가 있다. 나만
하더라도 이름은 남에게 알려져 있지만 결코 붙임성이 있
는 싹싹한 인간은 아니다. 천성이 곧은 말을 잘 하고 말투
도 격렬하다. 그러므로 나로서는 누구한테나 선의를 갖고
있어도 그런 선의가 선의로써 통하지 않는 말을 지껄이든
가 한다.

　요컨대 하나님 말고는, 그리스도 말고는 기대를 않고서
교회 생활을 하는 것이 교회 생활의 ABC이고 XYZ이다.
즉 이것이 처음이기도 하고 끝이기도 하다.

　신자는 그렇더라도 목사나 목사부인은 다정할 테지 하
고 생각할지도 모른다. 하지만 목사는 사랑 때문에 하기
거북한 일도 분명히 말하고 굳이 엄격한 태도를 취하는
일도 있다. 매우 바빠 천천히 이야기할 수 없을 때도
있다. 그것을 냉정하다고 해석하고 쓸쓸하게 생각하든가
하는 것은 잘못이다.

　반복하지만 사람에게 기대하고 친절히 해주기를, 따뜻
한 말을 걸어주기를, 자기를 이해해 주었으면 하는 "해달
라, 해달라" 하는 심정은 깨끗이 버려야 할 일이다. 하기
야 신자 중에는 상상을 초월할 만큼 친절하고도 따뜻한
사람 역시 많다. 하지만 인간에게 기대하는 사람은 오랜
교회 생활 중에서 반드시,

　"그 사람은 이렇게 말했다."

　"이 사람은 이런 태도였다."
고 중얼거릴 때가 찾아와서 차츰 교회를 떠나고마는 일이
생길 염려마저 있다.

　나는 교회에 다니기 시작했을 때 스스로 인간한테 완전

히 절망하고 있었으므로, 그후 지금에 이르기까지 인간에게 좌절되어 교회를 쉰다고 하는 일따위 없었다. 아무리 훌륭한 인간이라도 인간은 인간을 구원하지 못한다. 구원할 수 있는 것은 하나님 뿐이다.

　교회 집회에는 처음으로 갈 때에도 아무런 양해없이 가도 상관없다. 대개 '영접 위원'이 입구에 있으므로,

　"처음으로 교회라는 곳에 왔으니, 잘 부탁합니다."

고 말하면 성경이나 찬송가를 빌려준다. 아무래도 혼자 갈 수 없는 사람은 미리 목사에게 개인적으로 면회를 요구하고 대강의 지시를 받고서 가는 것도 좋고 전화를 걸고서 가도 상관없다.

　그런데 첫날부터 당황하는 것은 헌금 때문이리라. 예배의 중간쯤에 헌금주머니(또는 상자 등)가 돌아오므로 무언가 강제적인 느낌이 들고 저항을 느낀다는 편지를 여러 차례 받았다. 하나 헌금은 어디까지나 자유로운 의지이다. 하나님을 믿는 사람은 하나님에게 감사 표시로써 바친다. 그러므로 자기는 아직 하나님께 감사할 것은 아무것도 없다고 생각하는 사람은 군이 바칠 필요는 없다. 하나님에게 감사할 것은 아직 없지만 헌금하고 싶다고 생각하는 사람은 물론 바쳐도 좋다. 금액도 자유이다. 1엔이든 10엔이든 또 백 엔이라도 천 엔이라도 각각의 자유 의사에 따라도 좋다.

　옆사람이 천 엔 바쳤다고 해서 10엔 헌금하는 것을 부끄럽다고 생각할 필요는 없다. 하나님은 우리들의 진실을 보고 계신다. 금액을 보지는 않는다. 교회에 따라선 신자가 되면 월정 헌금을 하는 곳이 있지만 이것도 많이 헌금했다고 해서 특별 취급을 하지도 않고 가장 적어도 누구

하나 웃는 자는 없다. 그 점에 있어선 완전히 자유이고 처음부터 하등 걱정할 일은 없는 것이다.

기타 설교가 알기 힘들다. 성경이 어렵다는 등 갖가지의 문제에 부딪칠지도 모르지만, 그것은 대개의 신자들이 한번은 부딪쳤던 문제이고 더욱이 넘을 수 있던 문제이다. 요는 한 번이나 두 번으로서 교회를 시시한 곳이라 생각지 말고 되도록 계속해서 다니는 일이다. 알맞은 친구를 목사로부터 소개받으면 더욱 좋다고 생각된다.

또한 자기 시의 어디에 교회가 있는지 그것을 모를 때에는 직업별 전화번호부로 종교 관계 부분의 교회란을 찾는 것도 좋은 방법이다. 그리하여 전화를 걸고,

"그리스도를 믿고 싶은데 예수는 정말로 그리스도일까요. 구세주일까요?"

라고 묻고 그렇다고 대답하면 그곳은 분명히 기독교회이다. 집회의 일시(日時) 등도 이쪽에서 물을 것도 없이 가르쳐 줄 것이다. 만일 예수는 특별히 그리스도도 구세주도 아니다는 대답이 돌아왔다면, 그것은 기독교라 할 수 없으므로 나는 그런 곳을 권할 수는 없다. 이밖에 "내가 그리스도이다."든가 "이 사람이 그리스도의 환생이다." 하며 예수 이외의 자를 그리스도라고 하는 교회가 있다고 하면, 그것은 결코 기독 교회는 아니다. 비록 그곳에 기독 교회의 간판이 걸려 있어도 그것은 결코 기독 교회가 아니라고 단언할 수 있다.

또한 두메 산골이라 교회에 다닐 수 없는 사람, 병자, 무언가의 사정으로 교회에 갈 수 없는 사람은 라디오나 텔레비젼의 프로에 관심을 갖고 계속해서 듣도록 하면 좋다고 생각한다. 그 중에는 통신 강좌를 개설한 곳도 있

으므로 그런 강좌에서 배우는 것도 한 방법이다. 자기식으로 성경을 읽기보다도 역시 지도를 받는 편이 이해가 빠르기 때문이다.

그것과 동시에 기도하는 일도 중요하다. 교회에 다니든 통신 강좌로 배우든 하나님께 비는 일은 가장 중요하다. 어떻게 기도해야만 하는가는 처음에는 아무도 모른다. 예수의 제자들도 몰라 예수에게 물었다. 예수는 이렇게 기도하라고 가르치셨다.

하늘에 계신 우리 아버지

이름을 거룩하게 하옵시며

나라에 임하옵시며

뜻이 하늘에서 이루어진 것 같이

땅에서도 이루어지이다.

오늘날 우리에게 일용할 양식을 주옵시고

우리가 우리에게 죄지은 자를 사하여 준 것 같이

우리 죄를 사하여 주옵시고

우리를 시험에 들지 말게 하옵시고

다만 악에서 구하옵소서.

나라와 권세와 영광이 아버지께 영원히 있사옵나이다. 아멘

이것이 예수가 가르쳐 주신 '주기도문'이라 불리는 기도이다. 이것은 참으로 완전한 기도이고 우리들의 어떤 훌륭한 기도도 이 기도 속에 포괄된다고 한다. 이 기도는 무한히 깊고 높은 의미가 깃들어져 도저히 한마디로선 말할 수 없다. 한 권의 책이 될 만큼한 기도인 것이다.

이 기도의 말은 성경 속에 나온다(마6 : 9~13). 대개의 교회에선 이를 예배 중에 일동이 함께 기도하므로 기억해

두면 좋다. 하지만 예수는 이와같이 가르치기도 하셨다.

〈지금까지는 너희가 내 이름으로 아무것도 구하지 아니 하였으나 구하라, 그리하면 받으리니 너희 기쁨이 충만 하리라.〉(요16 : 24)

그러므로 무엇이든 기도하면 좋은 것이다.

"하나님이시여, 당신은 누구십니까? 가르쳐 주십시 오."

"사랑하는 아버지, 저는 어떤 사람을 미워하고 있습 니다. 이런 증오를 버리고 그 사람의 행복을 기도하는 자로 만들어 주세요."

"하나님, 당신을 향해 언제라도 기도할 수 있는 자로 해 주십시오."

무엇이든 좋다, 참으로 기도하고 싶은 것을 기도하는 일이 중요한 것이다.

"성경을 좋아하게 해주십시오."

라고 3년 기도하고 성경만큼 재미있는 책이 없게 되었다 는 선생도 있다.

"내일은 강연회입니다. 부디 좋은 날씨가 되도록 해주 십시오."

나는 곧잘 이런 기도를 한다. 무엇을 기도해도 좋지만 '내이름으로'라고 그리스도가 가르쳐주신 것처럼 기도의 끝에는 반드시

"예수님의 이름으로 기도합니다."

"구주 예수님의 이름으로 소망하옵니다."

라는 식으로 끝맺는 것이다.

그리스도에 의해 하나님은 당신의 의지를 이 세상에 드 러내셨고 구원의 길을 열어주셨으므로 우리들도 그리스도

의 이름으로 하나님께 기도하는 셈이다.

하지만 기도는 정말로 들어주시는 걸까? 기도는 혼잣말이 아닐까? 기도에도 또한 갖가지의 의문이 생기리라. 다음의 장에서 좀더 이야기할까 한다.

어떻게 기도할 것인가

1

조지·뮐러는 영국의 위대한 신앙가다. 이 사람은 19세 때까지 대단한 술꾼이었다. 여자 관계도 복잡하여 생활은 엉망이었다.

나는 이 사람의 전기를 읽었을 때 이 세상에는 아무리 형편없는 방탕자라도 새로이 태어나며 바뀔 수 없는 자는 한 사람도 없다라는 희망을 갖지 않을 수가 없었다.

그리스도를 믿게 된 뒤 이 사람의 생활은 참으로 진실하게 신은 반드시 기도를 들어주신다는 신앙으로 일관되고 있다. 그런 신앙때문에 그는 세계 제일의 고아원을 만들고 평생에 15만 명의 고아를 가르쳤다. 그는 입버릇처럼

"신은 기도하는 자를 결코 굶주리게 하잖는다."

고 말하곤 했었다. 그러므로 그의 위대한 사업도 거의 모두 뮐러의 기도로 이루어진 것이라고 한다.

신은 기도를 들어주신다는 신앙을 여실히 말해주는 에피소드는 많이 있지만 하나를 들어보자.

어느 날 고아원에선 식량이 완전히 떨어지고 말았다.

백 명이나 2백 명의 식량이 아니다. 담당자가 뮐러에게 상의했다.

"오늘은 아무것도 먹을 것이 없습니다. 어떻게 하면 좋을까요?"

그는 대답했다.

"그렇습니까? 그러면 여느 때처럼 식기를 테이블 위에 늘어 놓으면 되겠지요."

담당자는 어처구니가 없어 뮐러의 얼굴을 보았다. 농담이 아니다. 점심 식사 20분 전인 것이다. 다시 5분이 지나자 담당자는 조마조마하여 뮐러에게 말했다.

"앞으로 15분 뒤에는 식사 시간이 시작됩니다. 접시에 담으려 해도 담을 것이 없습니다."

"걱정 마세요. 하나님께 어김없이 기도를 올리고 있으니까요. 기도를 들어주시는 하나님이 그대로 내버려 두실 리가 없습니다."

뮐러는 태연히 대답했다. 담당자는 혀를 찰 것만 같은 심정으로 가버렸다. 하지만 5분 전이 되자 다시 뮐러에게 나타났다.

"선생님, 5분 전입니다. 대체 무엇을 먹여야만 좋지요."

그의 말이 끝나기도 전에 몇 대의 마차가 식량을 산더미처럼 싣고 커다란 소리를 울려가며 문으로 들어왔다. 이리하여 고아들은 무사히 맛있는 점심 식사를 들 수가 있었다. 뮐러는 담당자에게,

"하나님은 언제라도 기도에 응해 주신다는 걸 알고 있었을 게 아닙니까? 그렇건만 당신은 오늘 15분간 하나님을 의심했습니다. 나는 도저히 그런 사람과는 함께 일할 수 없소."

라고 말했다는 것이다.

그런데 우리들 대부분은 뮐러에게 파면될 만한 신앙심이 적은 사람들이 아닐까? 아무리 기도는 들어주신다고 성경에 씌어 있기는 하지만, 우리들은 뮐러처럼 전폭적인 신뢰를 갖고 하나님께 기도할 수는 없다.

인간끼리도 신뢰가 없는 곳에는 아무것도 생겨나지 않는다. 사람에게 무언가를 부탁할 경우,

"염려 없겠어요? 제대로 해주시겠어요? 걱정이에요. 꼭 해주세요 예? 잊지말고서."

등등 먼저 상대를 의심하고서 대한다면, 상대는 상대대로,

"그렇게 내가 믿기지 않는다면 다른 사람에게 부탁하는 것이 어떻겠습니까?"

하여 부탁을 거부할 것이 분명하다.

인간조차 약속은 대체로 지킨다. 어지간한 일이 아닌 다음에는 보통 약속은 지키는 법이다.

하지만 우리들은 하나님한테는 인간끼리 이상으로 믿지 않는다. 조지·뮐러와 같은 진실된 기도 생활과는 우리들이 너무나도 멀다.

(기도란 어차피 혼잣말이 아닌가?)

(기도란 들어준 일이 없다.)

신자라도 이렇게 생각하며 기도하는 사람이 있다. 혹은 기도하지 않는 일이 있다.

이마바리 시(今治市) 거주의 에노모토 모쓰로(榎本保郎) 목사는 뮐러처럼 기도하는 분이다. 에노모토 목사는 일찍이 그 월급의 전부를 헌금하신 일이 있었다. 가족 넷을 거느리고서 무일푼인 생활을 나로선 한 달도 하지 못한다.

그런 생활을 하신 분이니까 기도 또한 진실하다. 이런 목사님이 나에게 이와같이 말했다.

"몇 번이나 기도를 들어주신 경험이 있는 자에겐 기도 이상의 힘은 없다. 한 번 그 맛을 안다면 기도는 하지 않을 수 없다."

맛을 보면, 이라는 말이 재미 있다. 앞에서도 썼지만 설탕맛은 핥아보지 않으면 모른다. 아무리 설탕을 혓바닥 가까이 가져가도 혀에 올려놓지 않는다면 맛볼 수가 없다. 0.1밀리 떨어져 있어도 안 되는 것이다. 즉 기도하는 흉내가 아니고 진지하게 기도해야 하는 것이다.

세계의 위대한 신앙자들은 모두 진지하게 기도했다. 그리하여 그런 기도로 확실히 기도를 들어주시는 하나님을 보았다. 이것은 이치를 따져 하나님을 아는 것과는 전혀 다르다. 하나님이 기도를 확실히 들어주시는 것을, 앞에서 말한 조지·뮐러의 에피소드처럼 전심전력으로 알아왔던 것이다.

일본에서도 가가와 도요히꼬(賀川豊彦), 이시이 쥬지(石井十次)를 비롯한 많은 선각자들은 뮐러와 똑같은 기도에 관한 경험을 갖고 있다.

종교개혁자인 마르틴·루터는 기도에 관해 이렇게 말했다.

"옷을 짓는 것이 재봉사의 일이고 구두를 고치는 게 구둣방의 일인 것처럼 기도하는 것은 크리스찬의 일이다."

그리스도의 신을 믿는 자나, 또한 하나님을 믿고자 하는 자에게 이것은 가슴에 새겨 두어야 할 말이다.

〈하나님이 보내신 자를 믿는 것이 하나님의 일이니라.〉

(요6 : 29)

고 예수는 가르치셨다. 이 세상의 어떠한 대사업보다도 하나님을 믿는 일이 위대하다는 뜻이다. 그런 구체적인 나타남이 기도라고도 할 수 있으리라. 그러므로 기도는 곧 우리들의 기본적 의무인 것이다. 이것을 태만히 하면 나는 하나님을 믿고 있다고 할 수가 없다. 기도하고 싶으니까 기도한다, 기도하고 싶지 않으니까 기도하지 않는다는 것이어선 안 된다. 기도하고 싶지 않을 때에도 더욱 기도해야만 할 것이다.

쾌나 오래 전이지만 나는 이런 이야기를 읽었다. 어떤 사람이 아는 사람 하나가 아무리하여도 마음에 들지않는 남자가 있고, 하는 일마다 모조리 신경에 걸린다. 어떻게든 협조하여 나가고 싶다고는 생각하지만 아무리 해도 잘 되지를 않는다. 그래서 그 사람은 마침내 하나님께 기도하기로 했다.

"하나님, 부디 그를 싫어하는 마음을 제 마음에서 없애 주시고 그를 친구의 한 사람으로 만들어 주십시오."

그런 기도를 오랫동안 계속하는 사이 상대의 결점이라 생각되는 것이 모두 장점으로 보여져서 마침내 둘도 없는 친구가 되었다는 것이다.

우리들은 이런 일 저런 일에 걸려 기도하고 싶지 않은 일도 많다. 아니, 인간은 근본적으로 신에게 기도하고 싶지 않은 마음을 갖고 있다. 신을 공경하되 멀리 하든가 혹은 전혀 무시하든가 하고 싶은 게 인간이리라. 신한테서 떠나버리고 배반한 인간의 특질이 그곳에서도 볼 수 있는 것이다.

"나는 신을 무시하지 않고 신의 존재도 인정한다. 신은

전능이고 절대적 진리이고 우주의 창조자라는 것도
안다. 인간을 사랑하는 분이라는 것도 안다."
고 혹은 말할지도 모른다. 하나 이치로서, 지식으로서 그
렇게 인정해도 신과의 관계는 회복되지 않는 것이다. 우
리 아버지는 여러 자녀의 아버지이고 위대한 지도자로서
어린이를 사랑하고 잘하며 이러이러한 것을 갖고 있다는
등 육친의 아버지를 표현해 보아도, 만일 그런 아버지와
단절 상태가 되어 있어 전혀 말도 않고 인사 하나 할 수
없다고 한다면 어떨까? 넌센스라고 할 수 있는 게 아닐
까?

이와같이 철학적, 지식적인 인식법으로 신을 알고 있을
뿐이라면 참된 안식은 얻어지지 않는다. 우리들 인간은
역시 어린이가 부모의 품안에서 평안하듯이 하나님에게
돌아가고 하나님의 안에 있어야만 할 것이다. 하나님도
또한 우리들 인간이 하나님에게 돌아오고 하나님에게 호
소해 오기를 기다리고 계신 것이다. 그 길은 그리스도의
십자가로 열려져 있음을 이미 몇 번이나 썼다. 하나님에
게 낯을 들지 못하는 우리들 인간은 다시 하나님에게 호
소함으로써 하나님에게 돌아갈 수 있는 것이었다. 기도가
필요한 것은 이로서도 알 수 있으리라 생각한다.

우리 교회 기도실엔,

"기도하지 않음은 죄이다."
라고 씌어 있다. 이렇게 말하게 되면 아직 신을 믿지 않는
사람은, 혹은 너욱 너 기노를 갑갑한 것으로 생각할지도
모른다. 하지만 기도는 마음에 평화와 힘을 가져다 주는
기쁨이다. 왜냐하면 기도는 신과의 대화이고 그것은 인간
의 내면을 깨끗이 해주기 때문이다. 그것은 결코 위안은

아니다.

 나는 소설을 쓰게 되면서 때때로 저명한 작가이며 아름다운 여배우며 뛰어난 화가, 조각가 등과 이야기할 기회를 갖게 되었다. 누구누구와 만났다고 벗에게 말하면,

 "으아, 좋겠네요. 나도 그런 사람과 이야기하고 싶어요."

라고 곧잘 듣는다. 물론 유명하다고 특별히 잘 났다는 셈은 아니다. 이름이 알려지지 않고서도 인격이나 식견이 뛰어난 사람은 세상에 많이 있다. 다만 일반적으로 말해서 누구라도 아름다운 사람, 저명한 사람과는 이야기를 나누고 싶은 것이다. 나만 하더라도 만나고 싶은 사람, 얼굴을 보고 싶은 사람이 지금도 많이 있다. 그러나 하나님은 이 세상의 누구보다도 뛰어난 분이다. 이런 뛰어난 분을 향해 호소할 수 있다는 것은 무엇보다도 기쁜 일이며 영광스런 일이다. 더욱이 하나님과의 대화는 복장에도 장소에도 제약은 없다. 일부러 기차나 비행기를 타고 멀리 찾아갈 필요도 없다.

 부엌에서 일을 할 때라도 좋고, 도로를 걷고 있을 때라도 좋다. 전차 안에서도, 버스 안에서도, 거리에서도, 시골길에서도, 미장원에서도, 백화점 안에서도, 혹은 잠자리에 누워 있을 때라도 좋다. 진실되게 기도하는 마음만 있으면 좋은 것이다.

 기도의 형식도 특별히 없다. 보통 사람에게 말을 걸 때처럼 먼저 부른다.

 "하늘에 계신 하나님 아버지."

 "하늘의 아버님."

 "우리의 주님이신 하나님."

어떻게 말하든 상관없다.

기도의 길이도 자유이다. 위대한 일을 하는 사람일수록 기도를 위해 바쁜 시간을 많이 쪼갠다고 하지만, 짧은 기도니까 나쁘다는 일은 없다.

하루에 몇 십 번이나 똑같은 것을 기도하는 기도도 있다. 아침 저녁 1시간씩 기도하는 사람이 있는가하면 하루에 한번 2분 정도밖에 기도하지 않는 사람이 있어도 어쨌든 진심을 다하여 기도하면 좋은 것이다. 하나님은 반드시 이 기도를 들어주신다 믿고서 기도한다면, 그곳에 저절로 기도의 말이 넘친다.

자기의 일만을 기도하는 것도 때로는 필요하겠지만 되도록 많은 사람들을 위해 기도하면 좋다. 성경에도

〈네 이웃을 네 몸과 같이 사랑하라.〉(마22 : 39)

〈각자 자기의 일만이 아니고 다른 사람의 일도 생각하라.〉

고 했다. 예수는 제자들에게 다른 집에 가거든 그 가정의 평안을 기도하라고 가르치셨다.

"이웃 사람이 오늘도 무사하기를."

"일본의 정치가 깨끗해지고 참으로 국민 일반이 돌보아지기를. 또한 이 나라가 세계의 평화에 도움될 수 있도록."

"병으로 고통받는 사람이 그 고난을 이겨낼 수 있기를."

"공해로 시달리고 있는 사람이 회복될 수 있기를."

등등 되도록 구체적으로 기도하는 게 좋다고 생각한다.

미우라는 택시를 타면 반드시 기사와 그 가족의 무사함을 기도한다. 이 교통이 복잡한 시대에 사람의 생명을 나르는 일에 종사하는 고생을 생각하지 않을 수 없다는 것

이다. 그리고 하루종일 사고없이 집에 돌아올 수 있길 기다릴 가족의 마음을 생각하면, 그 가족을 위해서도 기도하지 않을 수 없는 심정이 된다는 것이다.

기독교의 기도인 경우 결코 자기만의 기도로 일관하는 기도는 없다 해도 지나친 말은 아니다. 그러니까 이른바 '사업번창·가내 안정.' 만의 기도가 아니라는 것이다. 되도록 타인에게도 기도해달라 하고 기도에 관한 책도 읽고 어떻게 기도하는가를 배우는 일도 중요하다고 생각한다.

그것은 기도하는 말을 배운다기보다도 기도하는 영혼의 자세를 배울 수 있기 때문이다. 예를 들어 친척·친지, 벗 뿐 아니라 평소 자기를 미워하고 또는 소외하며 적대하는 사람들을 위해서도 기도하는 사람들이 있다. 이러한 진실한 기도때문에 우리들은 이와같은 마음의 자세도 있었는가 알고 감동받는 것이다.

이와같은 기도는 하나님이 우리들에게 어떠한 삶을 바라고 계신가를 알고자 할 때에 주어지는 기도인 것이다. 그것은 교회에 나가고 성경을 읽으며 설교를 듣고서 비로소 알 수가 있는 것인지도 모른다. 일방적으로 자기 한 사람의 욕망만을 기도하는 것이라면 그것은 이미 기도라 할 수 없을 것이다.

물론 인간은 누구나 괴로울 때만 신께 의지하려는 그런 얄팍한 심정에 빠지기 쉽다. 중병에 걸렸을 때, 가운(家運)이 기울어져 왔을 때, 가족이 다쳤을 때 등 자기도 모르게 갈팡질팡 두손을 모으는 일은 어떠한 강한 인간에도 있을 수 있는 일이다.

저 유물주의자인 레닌조차도 일이 잘 되지 않을 때에는

신에게 기도하지 않을 수 없었다고 자기의 저서에 쓰고
있다고 한다. 어쨌든 우리들은 '목구멍을 넘어가면 뜨거
움을 잊는' 일시적인 기도가 아니고 항상 기도하고 있지
않으면 안될 것이다.

2

나는 앞에서 기도는 들어주신다고 썼다. 그러나 들어주 시지 않는 기도도 있음을 여기서 써두지 않으면 안 된다. 내 자신 13년간 병으로 누워 있었지만, 그것은 많은 사람 의 기도에 의해 치유되었다. 하지만 아무리 신앙이 깊은 사람이라도 기도만 하면 어떠한 병도 치유된다고 할 수는 없다.

시고쿠(四國)지방의 '아이다 마사미'라는 부인은 수술 할 수도 없었던 폐암이 기적처럼 치유되어 《예수님 만세》 라는 기쁨의 책을 출판했다. 암이 치유되었다는 것은 엄 청난 기도의 들어주심이다. 하지만 하나님한테는 감기를 고치는 일도 암을 고치는 일도 마찬가지로 쉬운 일이리 라.

그렇다 하여도 치유된 나도 아이다 상도 기타 많은 기 도로 치유되고 기적을 체험한 사람도, 이윽고 언젠가는 죽는다. 그런 죽음을 '기도는 들어주지 않았다'는 것이 되 는 걸까? 하나님은 확실히 우리들의 기도를 들어 주 신다. 다만 언제 어떠한 때에 어떻게 기도를 들어주실지 는 우리들 인간은 엿볼 수 없는 문제인 것이다.

'기도는 들어주지 않는다.'는 형식으로 들어주시는 일 도 있다. 예를 들어 어린 아이가 1만 엔짜리를 가리키며 이것을 갖고 싶다고 할 때 어버이는 과연 그 소망을 들어 줄까? 아무리 사랑하는 내 자녀의 소원이라도 아마 그 1 만 엔짜리를 어린 아이의 손에 건네주지는 않으리라. 건네주지 않았다고 해서 이 부모에게 사랑이 없다고 누가 말할 것인가?

인간의 어버이조차 현명한 어버이는 내 자녀에게 대체 무엇을 줄 것인가를 알고 있다. 하기야 요즘엔 고교생에게 자동차를 사주든가 많은 돈을 요구하는 대로 주는 부모도 있다고는 하지만……. 어쨌든 하나님은 전지 전능하신 분이다. 그 하시는 일을 인간으로선 측량하기 어렵다. 하지만 인간을 창조하고 그 인류를 위해 독생자 예수의 목숨까지도 아끼지 않았던 하나님은 우리들 인간 영혼의 생활에 가장 좋다고 생각되는 것을 좋은 때에 주시지 않을 리가 없다.

나의 13년 동안의 투병생활은 확실히 정신적이나 육체적이나 그리고 경제적이나 괴로운 것이었다. 하지만 지금 과거를 돌아보면 그 13년 동안의 투병기간은 역시 필요했고 없어선 안 될 기간이었다고 절실히 깨닫는다. 병만이 아니라 그때, 나는 왜 이런 불행한 꼴을 당하는가 싶은 이를테면 인생의 갈림길에 몇 번인가 섰던 것이었다. 나중에 생각해 보니 그것은 모두 이상하게도 내 영혼 생활을 위해선 필요한 갈림길이었다고 생각된다. 아마 이러한 경험은 많은 사람에게도 있을 것이다.

다만 우리들은 때때로 견딜 수 없는 험한 고난을 만났을 때, 무엇때문에 이런 고난이 인생에 있는 것일까 생각하는 일이 있다. 예를 들어 단 하나인 아들을 애지중지 여자의 손 하나로 키운 오카야마(岡山)의 '쓰다 아야꼬'상의 경우도 그러하다. 무사히 대학을 마치게 했다 싶자 전쟁에 끌려 나갔고, 겨우 전지(戰地)에서 돌아왔다 싶자 폐결핵으로 요양소에 들어가고 가까스로 완치되어 그 퇴원날을 즐거움으로 기다리고 있었는데, 퇴원 전날 밤 요우(療友)에게 살해되고 말았다. 듣기만 해도 뭐라 형용키 어려운 느낌이 든다.

이런 예는 여자 혼자의 힘으로 키워왔다든가 정직하고 부지런한 사람에게 이상하게도 많은 듯한 느낌이 든다. 내일 대학을 졸업한다는 아들이 술을 마신 사람의 무모한 운전으로 보도를 걷고 있다가 치어 죽든가, 가까스로 다년간의 고생이 열매를 맺어 이제부터 자기도 행복하게 살 수 있다고 생각한 어머니가 암으로 쓰러져 죽어간다는 비참한 이야기도 곧잘 듣는다.

어째서 그렇게도 정직한 사람이 그런 꼴을 당하는 것인가? 어째서 그렇게도 신앙심 깊은 사람이 그와같은 괴롬을 겪어야만 하는가? 대체 무슨 까닭으로 인간은 이렇게도 부당한 고난으로 신음해야만 하는가 생각되는 일이 이 세상에는 너무나도 많다. 우리들은 대체 이런 사실을 어떻게 생각해야만 좋을까?

예로부터 괴롬에 관해 갖가지의 격언이나 명언이 남겨져 있는 것도 인간 고난의 깊음을 말해주는 증거일지도 모른다.

"괴롬에 의해 교육되지 않은 인간은 언제까지나 어린이와 같다."(N·토마제오)

"만일 당신이 타인의 고통을 걸머진다면 주님은 당신의 고통을 지시리라."(기카)

"사람의 마음이 괴로우면 그 곳에 그리스도가 거주하

신다."(몰리악)

"시련이 없는 생활, 그것이 최대의 시련이다."(마송)

"생활한다는 건 평원을 가는 것이 아니다."(러시아의
속담)

또 성경에는,

〈여러분이 겪는 시련은 지나친 것이 아니다. 하나님은
진실하시다. 여러분들이 견디지 못할 시련을 주시지 않
을 뿐만 아니라 시련과 동시에 그것을 견딜 수 있도록
벗어나는 길도 마련해 주시는 것이다.〉

고 씌어 있다. 이 말을 쓴 바울은 우리들의 상상을 초월하
는 고문을 몇 번이나 받고 게다가 치유되기 어려운 병을
가졌으며 마침내는 순교한 사도인 것이다. 아마도 그가
만난 고통은 지금 세상에선 볼 수 없는 것이라고 생각되
는 까닭에 참으로 더 큰 무게를 가지고 우리들의 마음 속
에 파고드는 말인데, 왜 하나님이 하나님을 믿는 자를 이
와같이 고통을 주셨는지는 우리들로선 명확히 알 수가
없다.

　만일 여기서 내 나름의 고난에 대한 생각을 말하는 것
을 허용해 주신다면, 그것은 역시 하나님의 뜻이라는 것
밖에는 달리 말할 도리가 없다. 바른 사람이나 열심인 신
앙자의 고통은 이 세상을 정화하기 위해 있는 게 아닐
까? 그 사람들은 특별히 하나님에게 신임받는 사람들이
아닐까? 나는 어쩐지 그런 생각이 든다.

　하나님이 한 사람, 한 사람에게 수어진 사명이라는 것
은 천차만별이다. 자세히는 잊었지만 나는 《파랑새》를 읽
었을 때 그 속에 이런 장면이 있었음이 떠오른다. 치르치
르와 미치르가 이제부터 인간의 세계에 태어나려는 어린

이들과 이야기를 하는 장면이 있었다.

"너는 이 세상에 무엇 하러 가니?"

어떤 어린이에게 묻자,

"○○과 ××의 병을 앓다가 죽는 거지 뭐."

병명은 잊었지만 어린이는 자못 시원스런 대답을 했다.

"뭐야, 병에 걸려 곧 죽어버린다고. 그렇다면 허망하잖니?"

그러나 어린이는 시시하지 않다며 씩씩하게 인간의 세계로 뛰어나갔다.

벌써 오래 전에 읽은 책이고 기억은 분명하지가 않지만, 아마 이런 대화였다고 생각한다. 나는 곧잘 이 어린이의 말을 떠올리고 자기에게 주어진 사명을 순순히 받아들이는 그 숭고함에 깊은 감동을 느끼곤 한다.

물론 고난은 없는 편이 바람직하다. 누구나가 건강하고 육친의 죽음에 슬퍼하는 일도 없이, 사랑하는 사람에게 배신되는 일도 없이, 금전에 얽매이는 일도 없이 평화롭게 살아갈 수 있다면 얼마나 다행인지 모른다.

하지만 그것은 그것대로 하나님만이 아는 깊은 계획이 있을 게 틀림없다. 고통은 어쩌면 하나님에게 받는 귀중한 선물일지도 모른다.

그렇다고 해서 모든 것을 신의 책임으로 돌린다는 것은 아니다. 당연히 그 사람의 책임으로 돌아갈 고통, 혹은 사회나 정치의 책임으로 돌아가야만 할 고통도 세상에는 수없이 많다. 내가 말하고 싶은 것은 그 어느 쪽에도 돌릴 수 없는 고난이 이 세상에는 존재한다는 일인 것이다.

나의 자전(自傳) 《길은 여기에》에서 마에카와 다다시(前川正)라는 나의 어릴 적 소꿉친구가 나온다. 그의 사람됨은 나의 《길은 여기에》를 읽은 청년들이 자기도 마에카와 다다시와 같은 인간이 되고 싶다는 편지를 많이 보내준 것만으로도 안다고 생각되지만, 그는 진실된 크리스찬이었다. 그런 그가 성장한 가정은 참으로 평화스런 크리스찬 가정이었고 경건한 신앙을 가진 부모와 남동생 그리고 여동생 한 명인 가족이었다. 그의 어머님은 머리도 매우 좋고 많은 사람들에게 존경받는 부인이었지만, 세 자녀 가운데 다다시와 그 누이 미끼꼬를 천국에 보내고 다다시의 사후 얼마 있다가 가미가와(上川町)에 살고 있었다. 그런데 이웃집의 화재로 집이 탔다. 더욱이 재건 후 얼마 안 되어 유암에 걸려 고통스런 투병 끝에 하늘의 부름을 받으셨다.

왜 그토록 독실한 신자가 그렇게도 잇따라 괴로운 일을 당하지 않으면 안 되었는가 하여 그의 가족을 사랑하는 사람들은 마음 깊이 아파했다.

하지만 내가 알고있는 한 그분은 여러차례 치룬 어떠한 고난에도 끝끝내 신에 대한 진실한 감사로 넘쳐 있었다. 그와같은 깊은 감사, 높은 감사는 이미 다른 사람이 엿볼 수 없는 경지가 아닐까? 그것은 뜻하잖은 거금이 굴러들어왔다는 것이나, 큰 집을 지었다는 기쁨과는 전혀 질이 다른 일인 것이다. 그 인간의 인격을 깨끗이 해주고 높혀주는 숭고한 기쁨인 것이다. 이윽고 잊어버릴 그런 기쁨이 아니고 그 뒤의 인생을 뒷받침해주는 듯한, 그리하여 주위의 사람들마저 격려하고 정화하는 영속성이 있는 감사로 인한 기쁨인 것이다.

그 기쁨은 어디서 오는 것인가? 여러 해 동안 하나님께 기도하고 하나님과 대화를 했기 때문에 하나님께서 주신 것이다. 이렇듯 고난을 겪을 때에도 기도때문에 받는 깊은 감사는 결코 사람한테 받는것이 아니다.

그것은 저 삼중고(三重苦)의 성자라고 일컬어지는 헬렌·켈러의 생활을 보아도 알 수 있는 일이다.

그러므로 기도의 대용(代用)이 되는 것은 없다. 반복하지만 하나님과 나의 대화인 것이다. 너와 나의 대화인 것이다. 이런 하나님을 대신할 수 있는 사람이 어디에 있겠는가?

하나님은 영원에서 영원으로 존재하시는 분이다. 70년이나 80년이면 죽는 인간의 이 유한(有限)한 몸으로선 신의 뜻을 측량할 수 없지만 하나님은 사랑이시다. 내 지금의 기도는 모든 것이 내 소원대로 되는 게 아니고 하나님의 뜻대로 되어 줍소서라고 기도할 수 있는 참된 신앙이 주어지는 일이다. 진심으로 이와같이 기도할 수 있을 때야말로 마에카와 다다시의 어머님처럼 어떠한 고통을 겪더라도 감사할 수 있는 신앙에 도달할 수 있는 게 아닐까?

종 장

1

나는 이 신앙 입문에서 인간이 얼마나 죄많고 약하고 사랑이 없으며 자유롭지 못한 허무한 존재인가 하는 것을 말해 왔다. 그러나 이를테면 절망적인 상태의 이런 인간에게도 하나님을 알 때에 새로운 삶이 주어진다는 것을 썼다. 신이란 무엇인가? 예수는 하나님의 아들 그리스도인가? 왜 예수는 십자가에 매달렸는가? 그리스도는 정말로 부활했는가? 믿음이란 무엇인가? 고난은 어째서 있는가? 어떻게 기도할 것인가? 교회를 어떻게 찾아가면 좋은가 등을 차례로 말했다.

물론 한낱 신도인 내가 쓴 신앙 입문이다. 쉽게 쓰고자 했던 나머지 설명이 부정확한 점이나 지나치게 중복하여 오히려 의문을 가져온 점이며 기타 부족한 점도 많으리라 생각한다. 또한 일부러 피하고 쓰지 않은 문제도 있다. 그러한 점은 교회에 나가서 직접 목사님에게 물어주기 바란다.

그런데 이 입문의 마지막으로 나는 '겸손'에 관해 조금

언급하고, 그리고 나에게 특히 힘이 되고 위안이 된 몇가지의 성경 말씀을 소개하고서 끝낼까 한다.

수력 발전은 높은 곳에서 낮은 곳으로 떨어지는 그 낙차를 이용하여 이루어진다. 낙차가 크면 클수록 힘은 발휘되는 것이다. 하나님의 힘이 인간에게 나타나기 위해서는, 우리는 마음을 겸손히 하고 낮고 낮은 자세로 몸을 굽히지 않으면 안 되는 것이다. 신을 무시하고 혹은 신 앞에서 오만스레 머리를 들고 있다면 아무것도 태어나지는 않는다.

신앙의 요체를 질문받은 어거스틴은 "하나도 겸손, 둘도 겸손"이라고 대답했다고 한다. 이런 겸손을 잃고 있기 때문에 우리는 신을 보지 못하며 인간으로서 있어야 할 곳에서 멀리 떨어져 버렸다고 하겠다.

성녀라고 일컬어진 텔레지아는

"눈앞에 가로막는 환난을 뛰어넘을 수가 없다."

고 한 사람에게 이와같이 충고한다.

"뛰어넘지 못한다면 허리를 굽혀 빠져나가세요."

즉 겸손한 낮은 자세를 지으라는 것이기도 하리라. 신앙 생활에서 우리들이 무언가 곤란에 부딪쳤다고 한다면 자기는 다만 작은 자라는 걸 깨달아야 할지도 모른다. 나는 언제나 생각하지만, 자기를 보잘것 없는 자라고 진심으로 생각할 때 인간 관계에서 벌어지는 말썽의 대부분은 해소되는 거라고 본다.

작고 작은 존재, 그것은 바이러스라고나 할까? 우리들이 자기를 바이러스만큼 작은 존재라고 본다면 자기를 가로막는 두터운 벽은 없을 것이다. 왜냐하면 바이러스는 벽을 그대로 통과할 수 있을 만큼 작은 존재이므로.

"벌레와도 같은 저를 사랑하시는 하나님이시여."

"없는 것이나 다름없는 자마저도 돌보아 주시는 하나님."

우리는 때로 이와같은 기도를 듣는다. 참으로 이와같이 자기를 작게 볼 수가 있을 때, 그 사람은 신의 위대함도 사랑도 잘 알 수 있어 매일이 기쁨으로 넘칠 것이 분명하다. 나는 실지로 그러한 사람들을 알고 있다. 그리스도께서도 말씀하셨다.

〈심령이 가난한 자는 복이 있나니 천국이 저희 것임이요.〉(마5 : 3)

심령이 가난하다는 것은 자랑할만한 것이 가득 찬 상태와는 반대로 자랑할 것이 아무것도 없는 마음의 자세를 말한다. 나는 지금, 이렇게 쓰면서 '겸손'이 하나님의 나라에 이르는 열쇠임을 새삼 뼈저리게 실감한 것만 같은 느낌이 든다.

다음에 나는 내 마음을 감동시킨 성구(聖句)를 몇 개 쓸까 한다.

〈너는 청년의 때 곧 곤고(困苦)한 날이 이르기 전, 나는 아무 낙이 없다고 할 해가 가깝기 전에 너의 창조자를 기억하라.〉(전12 : 1)

이 성구를 읽었을 때 나는 진심으로 공감을 느끼지 않을 수 없었다. 나는 고작 17살이 될까말까 해서 국민학교 교사가 되었다. 만일 그때 이미 참된 신을 알고 있었다면 학생들에게 가르치는 방법은 전혀 다른 것으로 되어 있었을 거라고 생각한다. 아무리 거국적 군국주의 시대였더라

도 학생에게 전쟁은 좋은 거라고 가르치지 않았을 게 틀
림없다.

어떤 크리스찬인 교사는 담임하는 클라스에 항공병 지
원의 할당이 있었을 때 시력이 약한 근시 학생만을 지원
시켰다. 그 결과 전원이 시험에서 떨어졌다. 떨어진 학생
은 물론이고 그 반의 학생들도 다른 반의 학생들과 함께
이 교사를 일제히 백안시했다. 교사는 비국민이라고 매도
되었다. 하지만 이 교사는 잠자코 그것을 견뎌냈다. 그는
어리석은 전쟁에서 무슨 일이 있어도 학생을 빤히 죽게
할 수는 없었던 것이다.

참으로 생명이 중요한 것을 알고 있는 그가 백안시되면
서도 제자를 죽음의 땅에 내보내지 않을 만큼의 사랑으로
살고 있던 같은 그 시대에 나는 전쟁을 구가했고 나라를
위해 죽어야 함을 학생들에게 불어넣은 바보 교사였다.

만일 내가 젊은 날에 창조주, 그리스도의 신을 알고 있
었다면 조금은 더 나은 교사로서 살고 패전 후에도 허무
속에 빠지지 않아도 되었을 텐데 하며, 이 성구를 읽었을
때 새삼 생각했던 것이다.

〈죄의 삯은 사망이요 하나님의 은사는 그리스도 예수
우리 주 안에 있는 영생이니라.〉(롬6 : 23)

얼마나 숙연해지는 말씀인가? 이 성구를 내가 안 것은
정확히 구라다 모모소(倉田百三)의 《출가와 그 제자》를 읽
었을 때였다고 생각된다. 나는 그때 죄란 그야말로 생명
을 갖고서도 갚을 수 없는 것임을 생각하고, 인간이 모두
죽어가는 것은 당연하다고 생각했다.

하지만 신앙이 주어진 지금, 나는 자기의 이런 죄 때문

에 치러야 할 죽음을 그리스도가 대신하여 돌아가신 것을 두려워하며 생각하는 것이다. 내 대신 돌아가 주신 주님, 그리스도의 덕분으로 나는 영원한 생명이 주어졌던 것이다. 하나님의 아들을 십자가에 걸지 않으면 용서될 수 없는 죄의 무서움을 새삼 절감하는 말씀이다.

〈사람이 떡(빵)으로만 살 것이 아니요 하나님의 입으로 나오는 모든 말씀으로 살 것이라 하였느니라.〉(마3 : 4)
어떤 사람은 이 말씀을 보고서
"정말이야, 빵만이 아니고 쌀밥이나 반찬도 먹지 않으면 안 되니까."
하고 말했다는 농담과도 같은 실화도 있지만, 성경을 읽기 시작했을 때 나는 이 말씀이 갖는 깊음을 생각지 않을 수가 없었다. 인간이 살아나가기 위해 빵은 필요 불가결한 것이다. 이 말씀도 빵(떡)을 전혀 부정하고 있는 것은 아니라고 하지만, 사실 그러하리라. 그러나 빵만으로선 인간이 참으로 살 수는 없는 것이다.
산더미처럼 쌓인 재물이 있어도 인간은 결코 행복하지는 않다. 아니 오히려 그때문에 불행하며 비참할 수도 있다. 인간에게 참으로 필요한 것은 자기자신을 진실로 인간답게 만드는 것, 좀더 영적인 것, 즉 하나님의 말씀·하나님의 사랑인 것이다.

〈여자를 보고 음욕을 품는 자마다 마음에 이미 간음하였느니라.〉(마5 : 28)
어떤 청년이 이 성구를 읽고 자기 죄가 많음을 여실히 깨달았다고 나에게 고백한 일이 있다.

나는 이 성구에 의해 기독교의 윤리가 얼마나 고차원적인지를 알았다. 손을 잡지 않은 것만으로 사람은 자기가 결백하다고 말하고 싶어한다. 하지만 이 성경의 수준으로 말하면 음욕을 품고서 여자를 본다면 그것으로서 이미 간음과 똑같다고 간주되는 것이다. 이런 높은 수준으로 자기의 모든 것이 보아진다면, 우리들은 대체 어떻게 변명할 수가 있을까?

"나는 양심에 부끄러운 삶을 살고 있지 않다."

고 우리들은 말하고 싶어한다. 하지만 그 양심이란 것은 사람에 따라 너무나도 갖가지인 것이다. 대체 누구의 어떤 양심을 좇아 살아야 할 것인가? 그 표준은 없는 것이다.

〈나는 너희에게 이르노니 악한 자를 대적지 말라, 누구든지 네 오른편 뺨을 치거든 왼편도 돌려대며.〉(마5:39)

성경 말씀 중에는 즉각적으로 납득이 되지 않는 것도 많다. 이 구절은 일반에게도 유명한 말이지만, 나는 처음에 이 성구가 싫었다. 약자의 윤리라고 생각했다. 오른 뺨을 맞았다면 상대의 양볼을 때리면 좋을 게 아닌가? 아냐, 맞기 전에 상대를 때리는게 좋다고까지 생각했다.

불손한 나는 오랫동안 이런 생각을 버릴 수가 없었다. 굳이 잠자코 맞고 있을 것은 없다고 생각했던 것이다.

내가 이 성구가 갖는 의미를 다소나마 알게 된 것은 니시무라 히사조(西村久歲)라는 선생님과 만나고서 부터였다. 이 분은 목사는 아니지만 교회에서 언제나 선생님이라 불렸고 존경받고 있었다. 참으로 일화가 많은 분으로서 예를 들어 이런 이야기도 있다.

어느 날 밤 삿포로 '기타이찌조 교회'에 도둑이 들었다. 신출내기 도둑이었다. 그날밤은 아침 기도회로서 선생도 거기에 참석하고 있었다.

도둑은 이곳을 교회인 줄 모르고 들어와 웬지 묘한 곳이라고 생각했다. 모두 머리를 숙이고 무언가 나직한 목소리로 혼잣말을 하고 있었다. 자기가 들어와도 아무도 얼굴을 들지 않는다. 그는 다행이다 싶어 복도에 있던 외투를 몇 벌인가 걷어갖고 달아났다.

도둑은 두목한테 도품(盜品)을 가져갔고 상황을 설명했다. 도둑은 외투의 이름을 조사했는데 '니시무라'라는 이름을 보자 소리 질렀다.

"바보새끼! 넌 이것을 기타이찌조 교회에서 훔쳐 왔을 테지. 니시무라 선생의 외투를 훔치다니, 손이 썩는다. 돌려드리고 오너라."

이리하여 외투는 전부 그대로 반환되었다.

이 두목과 니시무라 선생 사이에 과거 어떠한 일이 있는지 나는 모른다. 아마도 두목은 선생님의 사랑에 크게 감동한 사건이 있었을 것이 분명하다.

다행한 일은 삿포로 의대 입원 중 이 선생님의 병문안을 곧잘 받았다. 그 경위는 《길은 여기에》에 자세히 썼지만 전혀 알지도 못하는 나를, 선생님은 남에게서 부탁받은 대로 병문안해 주셨고 그리스도교에 관해 친절히 설명해 주셨던 것이다.

지금 생각하면 부끄러운 이야기이지만 나는 이 선생님에게도 꽤나 실례된 질문을 반복했다. 손으로 선생님의 볼을 때린 적은 물론 없지만, 생각해 보면 좀더 심하고 얼굴을 거꾸로 쓰다듬는 듯한 짓을 마구 말했던 것이다.

모처럼의 위문품에,

"버릇이 되니까 위문품은 가져오지 마세요."

라든가

"선생님은 신앙이 두터운 것 같은데 언제나 그처럼 열심입니까?"

"남에게 여러가지로 봉사하고 있는 것 같은데 정말로 남을 위해 한다고 생각하십니까? 아니면 남에게 잘 보이고 싶어 그러는 것입니까?"

정말로 실례된 물음이었다. 나로서는 악의가 없는 말이었지만 만일 내가 반대의 입장이었다면 어떠했을까? 결코 선생님처럼 싱글벙글 웃어가며 받아들일 수는 없었을 것이고 지금도 할 수가 없으리라.

요꼬쓰나[橫綱 : 일본씨름의 최고랭킹]의 씨름은 공격을 받고나서 반격한다고 한다. 참으로 힘있는 자가 공격을 조용히 받아낼 수 있는 것이리라. 오른뺨을 맞고서 발끈하여 덤벼드는 인간보다도 유연(悠然)스레 다른 볼을 돌려대는 인간 쪽이 훨씬 정신적으로 저력있는 강한 인간인 셈이다.

이것은 악을 방치해도 좋다는 뜻은 아니다. 니시무라 선생은 질책해야 할 경우는 참으로 엄격하게 질책하는 열정을 갖고 계셨다. 그러한 격렬함과 더불어 약한 사람은 곧잘 받아들이는 힘을 갖고 계셨던 것이다.

어찌보면 소극적으로 보이는 이 말씀은, 실은 참으로 적극적인 권장이라고 할 수가 있다. 차분히 받아내지를 못하고 부질없이 반격으로 나가 마침내는 파국을 초래하는 일이 우리들 인간에게는 얼마나 많은 것일까?

애당초 이와같은 힘은 하루 아침에 얻어지는 것은 아니고 오랜 동안의 기도로 주어지는 것이리라. 말씀의 의미를 아는 것만으로도 오랜 세월을 요하는 셈이니까……. 이 모범은 물론 그리스도의 십자가이다.

〈너의 원수를 사랑하며 너희를 핍박하는 자를 위하여 기도하라.〉(마5 : 44)

나의 소설 《빙점》은 이 '너의 원수를 사랑하라.'가 하나의 핵(核)으로 되어 있다. 나의 《빙점》에서 자기의 딸을 죽인 범인의 자식을 데려다가 키운다는 설정을 했다.

이것에 대해,

"그런 잔혹한 설정을 한 것은 당신에게 아이가 없기 때문이리라. 어린이를 가진 어버이는 그런 심정이 될 수 없다."

라는 투서도 왔다.

앞에서 쓴 '쓰다 아야'상의 이야기를 기억하고 계시는가? 쓰다 상은 오카야마 거주의 크리스챤이다. 이 분에겐 타로(太郎)라는 외아들이 있었지만, 타로는 생후 10개월에 아버지를 여의었다. 쓰다상은 경제적으로 넉넉했으므로 생활의 불안도 없이 외아들을 키우고 '간사이 학원' (關西學院)을 졸업시켰다. 그 아드님은 '야마토 방적'에 입사 1년만에 군에 소집되고 가까스로 귀국했다 싶자 폐결핵으로 요양소에 들어갔다. 그리고 간신히 완쾌, 경사롭게 퇴원하기로 된 전날밤 요우에게 살해되고 말았다.

쓰다 상은 아무리 하여도 범인을 용서할 수가 없어 몇년이나 고뇌하고 있었지만, 마침내 범인에게

"나는 당신을 용서합니다."

라고 편지를 썼고, 이윽고 교도소로 그를 찾아갔으며 편지 왕래를 하게 되었다. 이리하여 범인은 13년 형을 8년으로 끝내고 출소, 그뒤 3년 후 세례를 받았다. 이 세례식을 쓰다 상은 이렇게 쓰고 있다.

'기쁨이 밀물처럼 치밀어오른 나로선 더할 데 없는 성대한 의식처럼 여겨졌습니다. 식이 끝나자 그는 나에게 달려 왔습니다. 그리고 내 손을 두툼한 그 손으로 단단히 움켜 잡았습니다.

"축하해요, 슈사쿠(周作)상, 축하해요."

나는 그렇게 말하는 것도 가까스로 였습니다. 뜨거운 것이 치밀어 올라와 마지 않았던 것이지요……'

이리하여 그날밤 외아들을 살해당한 어머니와 외아들을 죽인 범인이 한 지붕아래서 친 모자처럼 잠을 잤던 것이다.

쓰다 상은 〈너의 원수를 사랑하라〉는 말씀을 마침내 성취한 보기 드문 사람이라고 생각한다. 이 성구를 생각할 적마다 나는 쓰다 상을 생각하고 이처럼 적을 사랑할 수 있는 사랑을, 현실로 베풀어 주신 그리스도의 사랑을 찬송하지 않을 수 없는 것이다.

2

나는 지금 여기까지 써오고서, 20여 년 전의 내 모습이 눈에 떠올라 뭐라 말할 수 없는 감회가 있다.

패전이 나를 허무에 빠뜨린 것은 몇 번이고 썼지만, 국민학교 교사였던 나는 학생들에게 무엇을 가르칠 것인지 알 수 없어서 교실 한 구석에서 빨래를 한 교사였었다.

그리고 이듬해 거지가 되고 싶다는 생각을 품고서 교직을 사임했다. 또한 나는 두 명의 남성과 동시에 약혼하는 퇴폐적인 인간이 되어 있었다.

1946년 6월 1일, 나는 갑자기 고열을 발하여 병상에 눕는 몸이 되었다. 10일도 지나지 않은 어느 날 크리스찬인 언니 '유리꼬'는 자기가 다니는 교회의 목사 쓰네다 니로(常用二郞)선생에게 부탁하여 우리 집에 오시도록 했다.

하지만 나는 목사가 왔다는 말을 듣자마자 이불을 머리 위까지 푹 뒤집어쓰고 말았던 것이다. 나는 목사라는 성스런 사람을 볼 낯이 없는 인간이었다. 그런 느낌이 순간적으로 이불을 머리부터 뒤집어쓰게 만들었으리라.

나는 미처 성경 말씀을 듣는 행복한 귀를 갖고 있지 않았다. 무엇을 믿고 싶다고도, 믿기에 족한 무언가 있다고도 생각지 않았다.

며칠 전 나는 아시야 시(蘆屋市)의 쓰네다 선생의 교회

에서 강연을 했다. 선생은 처음으로 만났을 때 내 가엾은 상태를 명확히 기억하고 계셨으며,

"놀랐지요, 그때는. 나는 명백히 거부되었다고 느꼈지요."

라고 말했다.

쓰네다 선생은 유별나게 신자들에게 존경받는 따뜻한 목사님이다. 그때 이불을 뒤집어쓰고 얼굴을 내밀려 하지 않았던 내가 그리스도에 관해 이야기하든가 쓰든가 하는 것을, 쓰네다 선생은 누구보다도 이상하게 여기고 있을 게 분명하다.

그 뒤 3년쯤 지나고서도 나는 역시 사는 일에 의욕을 잃고 있었다.

극량(極量)의 2배를 먹으면 죽는다는 말을 생각하며 오늘도 저물었노라.

이대로 죽으면 지옥에도 가지 못한다고 눈보라 치는 밖 바라보고 있노라.

서투른 노래이지만 이런 허무적인 '단까'가 노트에 남아 있다. 이 노래를 지은 당시의 내 모습이 역력이 눈에 떠오른다.

언제나 미열이 있어 몸은 여위기만 했다. 남자 친구들은 많았지만 그 누구한테도 나는 성실하지 못했다. 많은 남자 친구에 둘러싸여 있어도 아무런 기쁨도 없었다.

무엇때문에 인간은 살아가는가? 그것을 모르는 인생에게 무슨 확실한 기쁨이 있었겠는가? 내 마음은 빈집처럼

황폐되어 다만 허무했다. 이 책의 첫 페이지에 써 있는 대
로이다.

만일 내가 그대로 그리스도를 모르고 하나님을 모른 채
살아 있었다면, 대체 어떠한 인생을 걸었을까? 만일 그
대로 두사람인 약혼자의 한 사람과 결혼하였다면 그런 결
혼 생활은 어떠한 것이 되어 있었을까?

만일, 이라는 가정아래 내 인생을 생각하는 일은 불손
일까? 사는 목적도 없이 심한 권태를 느낄 뿐이었던 지
난 나날이, 만일 그대로 끝없이 이어졌다면 나는 아마도
어둔 우울 속에서 질식되고 있었던 것은 아닐까?

그렇게도 사는 일에 소극적이었던 내가 1952년 7월 5일
병상에서 세례를 받았을 때 나의 요우들은,

"호오, 아야 상이 크리스찬이 되었다고!"

라고 몹시 놀랐다고 한다. 기독교가 질색이고 죽어도 크
리스찬만은 되고 싶지 않다고 함부로 말했으며, 신앙과는
거리가 먼 세계에서 남자 친구들과 얼렁뚱땅하며 살고 있
던 나였으니 무리도 아니었다.

⟨우리가 하나님의 아들로 불리기 위해서는 얼마나 큰
사랑을 아버지로부터 받았는지 잘 생각하라⟩

고 성경에는 씌어 있다.

나를 위해 거의 날마다 편지를 쓰고 방문하며, 겨울밤
에도 은밀히 나의 병실 아래서 내 구원을 위해 기도해 준
어렸을 적의 소꿉친구 마에카와 다다시.

계단만 올라와도 눈앞이 캄캄해질 만큼 심장이 나빴는
데도 단 한 번 당신의 몸은 말씀하시지 않고 금요일마다
나를 병문안해 주신 니시무라 규소 선생님.

이 두 사람과 또한 나에게 세례를 베풀어 준 명목사 '오

노무라 린조' 선생님도 이미 이 세상에는 모두 안계신다.

쓰네다 니로 선생님, 다께우찌 아쓰시(竹內厚)선생님의 사랑과 기도와 이끌어줌도 내게는 분에 넘쳤음을 나는 잊지 않는다.

참으로 내가 하나님의 어린 아이가 되기 위해서는 얼마나 많은 신자들의 기도와 사랑이 있던 것일까? 그 무엇보다도 하나님이 나를 위해 그리스도를 내려주셨다는 크나큰 사실. 그야말로

〈하나님이 세상을 이처럼 사랑하사 독생자를 주셨으니〉 (요3 : 16)였던 것이다.

이런 그리스도를 베풀어 주신 하나님의 사랑, 그리하여 십자가상의 그리스도의 사랑이 뱃속까지 스미며 깨달았을 때 나의 잿빛 인생은 완전히 바뀌고 말았던 것이다.

나는 세례를 받은 날을 고비로 확실히 바뀌었다. 마음속에 환히 밝은 불이 켜지고 기쁘고 기뻐서 견딜 수 없게 되었던 것이다. 그리하여 나는 그런 기쁨을 사람들에게 알리고 싶어졌다. 그 기쁨은 세례 뒤 20년 가까운 지금에 이르기까지 조금도 변치 않았고 나는 한 사람이라도 많은 사람에게 그리스도의 사랑을 알리고 싶노라며 소원했으며 이야기해 왔다.

이와같은 생각은 어쩌면 2천년 동안 대대로 기독교 신자들이 품은 소망이 아니었을까?

우리가 신을 믿든 믿지 않든 하나님은 하루내내 우리들을 향해 손을 뻗치고 계신 것이다. 그런 사랑을 안 자가,

"보라구요, 하나님쪽을 보세요. 당신은 이제 고뇌하는 일도 우는 일도 없는 것이지요."

라고 말하잖을 수 없는 느낌, 그것은 나도 일찍이 사막 속

에 단 혼자서 서 있는 것만 같은 쓸쓸함·허무함 속에 있
었던 까닭에 말하지 않을 수 없는 생각인 것이다.

매일 몇 통의 편지가 나에게 온다.

"당신의 책을 읽고 교회에 나가게 되었다."

"내가 바뀌었더니 남편도 바뀌었다."

"강연을 듣고 불량 그룹에서 손을 떼었다."

이와같은 편지를 읽을 적마다 나는 예수 그리스도에 의
해 구현된 하나님 사랑의 거룩함을 알고서 감사한다.

성경에는,

〈누군지가 이끌어 주지 않는다면 어찌 알 수가 있겠는
가〉

하는 의미의 말을 한 사람의 말씀도 나온다. 2천 년 동안
대대로 이끌어 주는 사람이 있어 많은 사람이 하나님을
믿어왔던 것이다. 나도 또한 인도를 하고 권해 주는 사람
이 있어 믿을 수가 있었다.

아무리 신앙심이 두터운 성(聖) 테레사라도, 슈바이처
라도 태어날 적부터 그리스도가 너무너무 좋았다고 꼭 말
할 수는 없다. 아니, 인간은 누구인가 하나님을 믿고싶지
않게끔 되어 있다. 개중에는 조지·뮐러처럼 믿기 전에는
망나니였던 사람도 있었다. 하지만 그런 사람, 사람의 인
생이 바뀌었던 것도 역시 누군가에게 전해졌기 때문인 것
이다.

나는 일찍이 니에게,

"성경을 읽어보지 않겠습니까?"

하며 한 권의 성경을 준 소꿉친구인 마에카와 다다시의
목소리를 지금도 기억한다. 그때 나는 술도 담배도 피우
고 남자 친구들도 많았으며 요부라고 일컬어진 인간이

었다. 그는 아마도 용기를 내어,

"성경을 읽어보지 않겠습니까."

하고 말해 주었을 것이 분명하다.

나는 그것을 생각하면 앞으로도 사람들에게,

"교회에 나가지 않겠습니까?"

"지금의 생활을 바꾸어 보고싶지 않습니까?"

하며 기도하는 마음으로 호소하려 한다.

권유한 사람이 모두 그리스도를 받아들인다고는 장담하지 못한다. 보기좋게 거절되고 혹은 경멸되며 싫어할지도 모른다. 하지만 나는 이 장의 마지막에서 다시 한번 감히 독자 한 사람 한 사람에게 호소하고 싶다.

"둘도 없는, 그리고 반복할 수 없는 일생에 당신도 그리스도를 믿고 걸어가지 않겠습니까? 지금까지의 생활이 아무리 지칠 대로 지친 혹은 남에게 말할 수 없는 부끄러운 생활이라 하여도, 또는 말하기 어려울 만큼 괴롭고 슬픈 매일이었다 하여도 지금 당신 앞에는 아직도 당신의 발자국이 하나도 찍혀 있지 않은 새하얀 천과도 같은 길이 있는 겁니다. 과거는 어떠한 행보(行步)였든 간에 자기 눈 앞에 발자국 하나 없는 길이 있고 그곳에 어떠한 발자취를 남기는가는 자기의 자유라는 것, 그렇게도 놀라운 일은 없다고 생각합니다.

과거는 상관없는 것입니다. 지금부터 한걸음을 당신도 그리스도의 사랑 손길에 이끌려가며 걸고 싶다고 생각지 않겠습니까? 그리하여 당신의 인생을 기쁨으로 넘친 인생으로 바꾸고 싶다고 생각지 않겠습니까?

그것이 당신에게 아무리 어렵게 보여도 하나님이 도와주시는 겁니다. 그리스도는 이렇게 말씀하고 계십니다.

〈사람으로선 할 수 없는 일도 하나님으로선 하실 수
있다〉고."

빛이 있는 동안에 빛 속을 걷지 않으시렵니까?

해　설

저자 미우라 아야꼬에 대해서는 새삼 소개할 필요도 없을 것 같다. 한낱 가정 주부로서 신문의 현상 소설에 응모하여 당선된 《빙점》이 우리 나라에도 번역 소개되어 널리 알려졌기 때문이다. 그녀의 소설은 거의 모두 번역 소개되어 많은 독자의 애독서가 되었다.

이 《빛이 있는 동안에》는 1971년 1월호부터 같은 해 12월호까지 이름난 여성잡지인 《슈후노또모》(주부의 벗)에 연재된 것이고 그 보다 앞서 집필된 《길은 여기에》·《이 질그릇에도》와 더불어 3부작을 구성하는 자전적 작품이다. 소설이라기보다 에세이 형식의 것이고, 내용에 있어 중복되는 부분이 많고 작자 신변의 이야기가 전개되고 있지만 그 만큼 진실미가 있어 재독·3독의 가치가 있다고 생각된다.

더욱이 저자는 이 작품에 앞서 《양치는 언덕》(1966) 《사랑하는 일·믿는 일》(1967) 《시오카리 고개》(1968)를 발표했고, 다시 1970년 5월부터 이듬해 5월까지 초기 작품의 대표작이 된 《속 빙점》을 아사히 신문에 연재하고 있었기 때문에 《빛이 있는 동안에》와는 집필의 시기가 중복되고 있었던 셈이다.

저자 미우라 아야꼬는 1922년생이므로 이 작품의 집필

당시 49세라는 한창 나이로 가장 왕성한 문학적 활동을 보였다고 하겠다. 특히 저자의 작품들에 일관되고 있는 기독교적 관심, 이것이 우리 나라 독자에도 공감되고 어필된 이유라고 생각되지만, 그 기독교적 토양이라는 것을 짚고 넘어가는 것도 작품을 이해하는데 도움이 될 것 같다.

저자는 앞에서도 말했지만 1922년 홋까이도(北海道) 아사히가와(旭川)에서 태어났다. 홋까이도는 일본에서도 진취적인 고장이라고 알려져 있다. 특히 기독교로 말할 때 개신교는 바로 홋까이도에서 씨가 뿌려졌고 싹이 텄기 때문이다.

역사적으로 기독교는 당나라 때 이미 네스트리우스(Nestorius)파의 기독교[경교라고 한다]는 전해졌고 원나라 때에는 황족에도 신자가 많았으며 세조 쿠빌라이의 생모도 그런 한 사람이었다고 한다. 그러나 카톨릭 포교는 명나라 때 마테오·리치(1552—1610)부터 시작되었다 해도 지나친 말은 아니다. 원나라 때 프란시스코파의 몽테·코르비노 등 몇 명의 선교사가 북경에 와 있었지만 그 포교는 1368년 원의 멸망과 더불어 사라지고 말았던 것이다. 그럴 때 예수회는 신세계에 대한 포교 활동에 열의를 쏟고 있었지만, 멕시코에서 일본에 왔었던 프란시스코·샤비엘은 "일본인을 교화하자면 먼저 그들이 존경하는 중국인을 교화시켜야 한다."는 결론을 얻고 중국으로 다시 갔다. 그러나 샤비엘은 1552년 겨우 광주(廣州)에 발을 딛은 때 죽었다. 이리하여 그가 죽은 해에 태어난 리치에 의해 중국 포교가 시작되었던 것이다.

리치는 서광계(徐光啓)며 이지조(李之藻)와 같은 고급 관료이며 당대의 지식인이었던 학자들을 신도로 얻기는 했지만 그 포교는 지극히 어려운 사업이었다. 왜냐하면 중국에는 경천(敬天)·숭조(崇祖)·사공(祀孔)이라는 전통적인 벽이 가로막고 있었기 때문이다.

일본은 오다 노부나가(織田信長)며 그 후계자인 도요토미 히데요시(豊臣秀吉)시대 이미 선교사들이 입국했고 권력자들은 종교에 관심이 있었다기보다 선교사를 통해 이루어진 무역, 특히 소총 수입에 흥미를 느끼고 선교 활동을 용인했다. 이리하여 선조 25년(1592)에 시작된 도요토미 히데요시의 조선 침략은 전후 7년에 걸친 대전란으로 번졌고 수십만 명의 생명이 살해되었는데 일설에는 당시 인구의 1/3이상이 희생되었다고 한다.

히데요시의 부하 장수였던 고니시 유끼나가(小西行長)

는 평양까지 진격했다가 명나라 원군의 지원을 받은 조선 군에 의해 패퇴했지만, 그는 기독교 신자였다. 그리하여 그는 남해안의 웅천성(熊川城)에 있을 때 일본에 있는 선 교사로 예수회 소속 세스페데스(Cespedes, Gregory de)를 초청했는데, 세스페데스가 조선땅을 밟은 최초의 선교사 였고 약 두 달 머물렀다.

이 민족의 수난은 히데요시의 갑작스런 죽음으로 끝이 났지만, 철수하는 일본군은 또한 5~6만의 남녀 노소를 포 로로 끌고 왔다. 이들의 운명은 강항(姜沆 1567~1618)처럼 일본 '주자학'의 원조 후지와라 세이까(藤原惺窩)의 스승 이 된 사람도 있지만 대부분의 이름없는 사람들은 포르투 갈 상인에 의해 남양 각지에 노예로 팔려갔고 기독교 신 자로서 이국의 흙이 되었던 것이다. 또 이때의 조선 출병 의 비용 지출에 의한 경제적 파탄으로 명나라가 멸망하고 (1662) 새로이 청나라가 일어났다. 그러는 와중에서도 예 수회는 중국에서 포교를 계속하고 있었는데, 같은 가톨릭 이라고 프란시코회·도미니코회·아고스티노회 등은 예수 회에 대한 제소를 로마 교황에게 했다. 명분은 중국의 포 교에 대한 예수회의 타협적인 태도를 트집 삼은 것인데, 여기에는 당시의 유럽 정세――예수회를 비호하는 포르

투갈과 부자들을 지원하는 스페인의 세력 싸움도 얽혀 있었다. 이리하여 전례 문제(Rites Controversy)라는 논쟁이 일어났다. 논쟁에서 몰리게 된 예수회는 명군인 청나라 강희제(康熙帝 재위 1662~1722)의 칙서 "경천·숭조·사공은 중국인이라면 누구라도 지켜야 할 도덕적 의식이다." 를 보고서와 함께 로마에 보냈다. 이리하여 "천주교"라고 알려진 예수회의 포교가 중국에 뿌리를 내렸던 것이며 우리 나라에도 들어왔던 것이다.

한편 일본에선 도쿠가와 이에야스(德川家康)가 정권을 잡고 조선과의 화평을 꾀하여 강력한 쇄국 정책을 확립했으며 다만 개항지로서 나가사키를 지정하고 중국과 화란에 대해서만 문호를 열었던 것이다. 이런 쇄국 정책은 한국과 일본이 비슷했지만 1867년 이른바 '메이지 유신'(明治維新)에 의해 두나라 사이에 결정적인 틈이 생겼다. 일본에서의 기독교 선구자는 쓰다 센(津田仙 1837~1908)인데, 그는 1867년 군함 구입사절단의 일원으로 미국에 건너갔다. 그때 쓰다는 미국의 군사·산업·문화 등 온갖 방면에서 깊은 감명을 받았지만 특히 감탄한 것은 국민이 평등하여 계급적 차별이 없다는 것과 농업이 합리적으로 이루어지고 있다는 점이었다.

일본은 국토의 20퍼센트 남짓이 농경지이고 나머지는 산악이라서 예로부터 농토는 좁고 인구는 많아 만성적인 식량 부족에 허덕이고 있었다. 이리하여 메이지 정부는 1869년 홋까이도를 비로소 완전 장악하고 '개척사'라는 것을 두었다. 그런 개척사(장관)인 구로다 기요다카(黑田淸降)는 두번이나 미국에 건너갔고 농업기술자를 데려오곤 했는데 그 통역을 쓰다 센이 맡았다. 구로다는 또한 여자 교육 문제에도 관심을 갖고 5명의 소녀를 뽑아 최초의 여자 관비 유학생을 미국에 보냈는데, 이 중에는 쓰다의 딸인 당시 8세이던 우메꼬(梅子)도 끼어 있었다. 미국에 건너간 우메꼬는 그곳에서 세례를 받아 신자가 되었고 귀국하여 뒷날 교육자가 된다.

　한편 쓰다 센은 1873년 비인에서 열린 만국 박람회에 정부 파견 사절단의 일원으로서 참가했는데 이때도 책을 갖고 돌아왔다. 그것이 《농업삼사》(農業三事)란 이름의 번역서로 출판되었다. 내용은 화분(花粉)을 인공으로 수정하는 방법 등이었다. 이 밖에 그는 박람회에서 세계 각국어로 번역된 숱한 성경을 보고서 "이렇듯 전세계에서 행해지고 있는 종교는 훌륭한 것임에 틀림없다." 감동했고 귀국하자 부인에게서 딸 우메꼬가 미국에서 세례를 받았다는 이

야기를 듣자 전가족이 기독교에 입신할 것을 결심했던 것
이다. 이리하여 쓰다 센은 일본의 기독교 전도와 교육에
큰 발자취를 남긴 아오야마 학원(靑山學院) 역사에 지대한
영향을 미쳤고 딸 우메꼬는 여자 교육기관인 '쓰다주쿠'
의 창립자가 되었던 것이다.

개화에 한걸음 앞서 출발한 일본은 1876년 '운양호 사
건'이라는 포함 외교를 벌였다. 이리하여 일본과 수호 조
약을 맺었고 '통신사'가 일본에 보내졌던 것이지만, 1881
년 '신사 유람단'을 보내어 일본의 개화 실태를 살피게 했
던 것이었다.

이때 단원의 한 사람이던 안종수(安宗洙)는 쓰다 센을
방문했고 농업 기술에 대해 알고자 했다. 이때 객실에 안
내된 안종수는 벽에 걸린 한문의 족자를 보고서 눈길이
이끌렸다. 그것은 한문으로 된 "산상 수훈"이었다. 쓰다
는 그 족자를 안종수에게 선물하려고 했지만 이때는 천주
교 박해의 기억이 아직도 생생한 무렵이었기 때문에 "예
수교는 조선에서 금하는 것이므로 만일 이런 것을 갖고
있다가는 목이 잘린다."며 사양했다. 안종수는 귀국하자
이것을 친구인 이수정(李樹廷)에게 전했고 이수정은 이런
이야기에 적잖은 관심을 가졌다. 이리하여 1882년 '임오군

란'이 있고난 뒤 박영효(朴泳孝)를 일본에 파견할 때 그도 따라갔던 것이며 쓰다 센을 방문했다. 이수정은 당시의 실력자 민영익(閔泳翊)의 친구이고 또한 도쿄 제국대학에 개설된 조선어 강좌의 강사로 일본에 머물고 있었으므로 쓰다 센을 자주 만나는 사이 기독교에 대해 많은 질문을 했으며 마침내 1883년 4월 야스카와 데이(安川享) 목사의 집전으로 세례를 받았다. 그는 이때부터 본격적으로 성경 연구를 했으며 야스카와 목사와 선교사 녹스(Knox, Georhe Willigm)의 지도를 받았다. 그는 또 당시 성서공회 총무였던 루미스(Loomis, Henry)의 권유로 성경의 우리말 번역을 시작했으며 1883년 "마가복음"을 완역했고 계속해서 다른 성경 번역에도 손을 댔다. 이수정의 노력은 녹스 목사와 루미스에 의해 미국 및 캐나다의 선교회에 소개되었고 그는 또 직접 그의 명의로 된 선교사 파견 요청의 편지를 썼던 것이다. 이 편지를 읽고서 조선 선교의 결심을 한 것이 장로파 교회의 창시지 언더우드 목사와 감리파 교회의 창시자인 아펜젤러 목사였다. 특히 언더우드 목사는 조선에 가는 도중 도쿄에 들려 이수정과 만났고, 두 달 동안 그로부터 우리말을 배우고 그가 번역한 마가복음을 갖고서 한국으로 갔던 것이다.

쓰다 센과 더불어 유명한 일본 기독교의 선구자는 우찌
무라 깐조(內村鑑三 1861~1930)이다. 그는 홋까이도 개척
사에 의해 설립된 '삿포로 농학교'(현재의 홋까이도대학)
의 제2기생이다. "소년이여, 큰 뜻을 품어라."하는 말로
유명한 캐나다인 클러크가 초대 교장이었는데 그는 실제
8개월 밖에 재임하지 않았고, 떠날 때 앞서의 말을 남겼던
것이다. 재미있는 것은 제1기생 16명은 모두 졸업후 크리
스찬이 되었고 우찌무라의 제2기생 역시 15명이었지만 두
셋을 제외하고서 모두 크리스찬이 되었다.

우찌무라 깐조는 4년제의 농학교를 졸업하자 미국 유학
을 했고 돌아와서 도쿄의 제1 고등학교(2년제, 대학 2년이
나 같음) 선생으로 있을 때 이른바 '불경사건'(不敬事件)
을 일으켜 교단에서 추방되었다. 그 내용인즉 천황이 내
린 '교육칙어'를 낭독할 때 자리에서 기립하지 않아 천황
(신)을 모독했다는 것이었다. 그의 저서《나는 어떻게 기
독교도가 되었는가》(1895)는 영어, 독일어로 번역되고 다
시 핀란드어, 스웨덴어 등으로 번역 출판되어 실존주의
기독교 철학자인 키에르케골에게 많은 영향을 주었던 것
이다.

우찌무라는 청일 전쟁이 일어나자 "전쟁의 목적은 조선

의 독립과 동양 평화를 위한 것이므로 의전(義戰)이고, 또한 가난에 허덕이는 이웃나라 조선의 편으로서 그 나라를 구하는 목적이 있으므로 올바른 전쟁"이라고 주장했다. 그러나 결과는 일본 세력의 한반도 진출을 가져왔고 식민지를 만들기 위한 일본에게 발판을 만들어 준 셈이었다. 그리하여 러시아와 일본이 충돌하게 되고 노일 전쟁이 일어나자 우찌무라는 절대 비전론(非戰論)을 주장하며 "죽이지 말라." "검에 의해 일어서는 자는 검에 의해 망한다."고 일본의 정부와 군부를 맹렬히 비난했다. 그리하여 전쟁 결과 일본이 한국을 삼켜버리자 일본의 기독계는 모두 이를 찬성했는데 우찌무라만은 그의 양심에 의해 이를 슬퍼했다. 즉 그의 전집을 보면 이런 말이 나온다. "가엾은 조선 사람들은 그들의 나라를 잃었습니다. 어떠한 것도 그들의 손실을 위로할 수는 없습니다. 나는 일본이 조선을 병합한 일은 곧 하나의 폴란드를 합병한 것이고, 결국이 '먹이'를 완전히 소화하는 일은 가망없는 게 아닌가 염려합니다."고 예언했다.

일본이 태평양 전쟁에서 패전했을 때 기독교 신자는 20만 남짓이었다고 한다. 우찌무라와 같은 뛰어난 기독교

사상가가 있었건만 인구에 비해 그 신자는 미미했던 것
이다. 70년대에 이르러 그 신자수는 170만이 되고 현재
220만 명에 이른다는 통계도 있지만 의외로 적다는 느낌
이다. 그리하여 기독교의 교리나 성경 연구에는 뛰어난
학자도 많지만, 일본의 기독교는 말만 앞세운다는 느낌을
부인할 수 없다. 즉 이론은 훌륭하지만 실천이 좀 모자라
는 것 같다.

역자 씀

옮긴이 / 최 봉 식

1994년 서울에서 태어남, 성결신학대학·조선대 행정대학원
에서 수학함, 저서로서는 <신념의 마력>, <길은 여기에>,
<이질그릇에도>, <빛이 있는 동안에>, <그리스도를 본받아>,
<천국열쇠>,<고독과 순결의 노래>등이 있음.

빛이 있는 동안에(제3부 신앙편)

1판 1쇄 인쇄 / 1992년 4월 25일
1판 1쇄 발행 / 1992년 4월 30일
11판 1쇄 발행 / 2020년 10월 20일
12판 1쇄 발행 / 2023년 6월 20일

지은이 / 마우라아야꼬
옮긴이 / 최 봉 식
펴낸이 / 김 용 성
펴낸곳 / 지성문화사
등   록 / 제5-14호(1976.10.21)
주   소 / 서울시 동대문구 신설동 117-8 예일빌딩
전   화 / 02)2236-0654
팩   스 / 02)2236-0655, 2952

정   가 / 13,000원